DIE KÖNIGIN DER FEUERSALAMANDER

DIE KÖNIGIN
DER
FEUERSALAMANDER

Roman

Susanne Oswald

Mit vierzehn verliebte sich Falkner in die Alchemie. Jede freie Minute verbrachte er hinter alten Büchern und besah sich seltsame Abbildungen, die er nicht begriff. Merkwürdige Gesellen hantierten mit unbekannten Geräten. Zahlen und Planetenzeichen waren in unverständlichen Diagrammen angeordnet. Und eine erstaunliche Welt von Menschen und Tieren breitete sich schwarzweiß und farbig vor ihm aus. Stundenlang betrachtete er die dargestellten Frauen, bestaunte ihre wundervollen Königinnengewänder und noch mehr ihre Brüste und ihre nackte Geschlechtlichkeit, die sie unverhohlen darboten. Er wunderte sich über die Vögel, Lilien und Löwen, die sie umgaben, die Drachen, die ihnen zu Füssen lagen, die Sterne über ihnen oder in ihren Händen. Geheimnisvoll waren ihm die Vereinigungen, die sie, im Zeichen von Sonne und Mond, mit bärtigen Königen vollzogen. Diese schienen dabei dahinzusterben, doch erhoben sie sich wieder und kamen wie Bühnenhelden in roten Königsmänteln daher geschritten, begleitet von Zeichen und Wundern.

Das Geheimnis ergriff ihn, mehr noch als die sexuelle Kraft der Bilder, die den Knaben natürlich ebenfalls umtrieb. Er ahnte in sich den König und die Königin, er fühlte die Schwere der Materie, die ihn fesselte, und eine unbekannte Kraft, die ihn vorwärts trieb in eine Richtung, die er nicht zu ahnen wagte. Er spürte die Hitze des Feuers, das irgendwo seine Flammen züngeln ließ, als tausendfache Möglichkeit des Möglichen, wie ein Versprechen. Und er bat Mercurius mit den vielen Gesichtern, sein Führer zu sein, weil er sah, wie dieser in wechselnden Gestalten wechselnde Wirkungen auslöste, vermittelnd zwischen Feuer und Erde, zwischen König und Königin, zwischen den Göttern und den Sterblichen.

Eine merkwürdige Vorstellung verfolgte ihn. Er dachte, dass es ihm auf irgend eine Weise gelingen müsse, die widersprüchlichen Bilder in seinem Innern zur Ruhe zu bringen, die Gegensätze von Sonne und Mond, von heiß und kalt, von oben und unten in sich zu vereinigen. Er musste selber zum wasserspeienden Löwen werden, zum doppelgesichtigen Hermaphroditen oder zur Schlange, die sich in den Schwanz biss. Er hatte allerdings keine Ahnung, was er tun und wie er das überhaupt schaffen sollte.

Instinktiv setzte er auf das Feuer. Eine nicht Enden wollende Hoffnung ergriff ihn und eine Faszination für das hitzige Element, ob dieses sich als Sonne, als Gold oder als Schwefel in seinen unzähligen Büchern zeigte. Von der himmlischen Hitze erhoffte er sich Erlösung. Und so berührten ihn alle Symbole des Feuers in der tiefsten Tiefe seiner Seele.

Kein Wunder also, dass er betroffen war, als er auf seinem Schulweg einen toten Feuersalamander fand. Ein Wagen hatte ihn flach gefahren. Unscheinbar lag er da, trocken und dünn, wie ausgeschnitten aus einem Pappestück. Falkner besah die gelbe Zeichnung auf seinen Flanken, die zwar verblasst aber noch deutlich sichtbar war: Helle Flecken, die nicht mehr leuchteten, weil der Feuersalamander in den Zustand der Kälte zurückgekehrt war.

Falkner brachte es nicht über sich, den toten Salamander liegen zu lassen. Er pflückte ein großes Huflattichblatt vom Wegrand, wickelte den kleinen Kadaver sorgfältig ein und trug ihn bis zur nächsten Kreuzung. Dort begrub er ihn sorgfältig unter einem Stein. Er hatte ohne Überlegung gehandelt , aber ihm schien, dass alles passte und richtig war. Beunruhigend war allerdings, wie nun seine Hände brannten. Als ob das tote, trockene Tier noch Hitze ausgestrahlt hätte. Er fühlte sich beklommen.

In der folgenden Nacht hatte Falkner einen merkwürdigen und seltsam deutlichen Traum: Er saß hinter einer Glasscheibe, wie ausgestellt in einem Schaufenster. Und eine wunderschöne Frau mit wildem, rotem Haar ging außen, durch das Glas getrennt, mit zögernden Schritten an ihm vorbei. Sie sah ihn nachdenklich und fragend an. Und Falkner wusste, sie war die Königin der Feuersalamander, die gekommen war, um ihm zu danken und ihn zu prüfen. Er verstand nicht, was sie von ihm wollte. Er begriff nur, dass sie prüfte, ob er sich bewähren würde. Aber Falkner wusste nicht, was geprüft wurde, in welcher Situation er sich bewähren müsse oder versagen könnte.

Später wurde Falkner Chemiker und vergaß seinen Traum.

1

Die elektrische Tür öffnete sich mit Zischen und die Kellnerin schaute zur Uhr. Punkt zehn. Falkner hatte das Lokal betreten - wie jeden Tag außer am Sonntag. (Dann blieb das Café nämlich geschlossen und die Kellnerin fuhr zu ihrer Mutter aufs Land.) An diesem Tag aber bereitete sie nun mit ruhigen, sicheren Bewegungen einen Milchkaffee, mischte die schwarze Brühe mit sahniger Milch und strich den weißen, flockigen Schaum vom Kännchen in die Tasse. Ungefragt trug sie diese in die Ecke, wo Falkner bereits am Fenster saß und sein Gesicht in der Zeitung versteckte.

"Guten Morgen", sagte sie freundlich, "gut geschlafen?"

Aber Falkner brummelte nur etwas, das nicht zu verstehen war.

Das war ungewöhnlich. Normalerweise blickte er sie freundlich und geradeaus an und begrüßte sie, wie er früher seine Kollegen im Labor begrüßt hatte – damals als er noch der berühmte Professor Falkner war, der an einer ganz besonderen Reihe von Stoffen arbeitete, die schließlich seinen Fall und Untergang bewirkten. Aber das war ja nun inzwischen einige Jahre her und Falkner dachte nur noch sehr selten und praktisch ohne Bitterkeit daran.

Falkner trug seinen Namen zu Recht, denn irgend etwas war vogelartig an ihm. Vielleicht waren es die ausgetrockneten, mageren Hände, die sehnig wie Vogelfüße wirkten. Vielleicht war aber auch seine schmale, leicht gebogene Nase daran schuld. Oder lag die Vogelhaftigkeit in seinem Blick, der, trotz der nebligen Gräue seiner Augen, stechend und scharf war?

Was ihm zum Vogelhaften allerdings fehlte, war alles Schwebende und auch dieses sanft Glänzende, gleichzeitig elastisch Harte und doch pudrig Weiche eines

Gefieders, das einen Vogel wie eine Aura umhüllt. Falkner pflegte zu schlurfen und trug formlose Hosen und Pullis in matten, undefinierbaren Tönen zwischen braun und grau. Das weiße, weiche Halstuch, das er sich um den Hals zu schlingen pflegte, um sich so etwas wie Komfort und Trost zu gewähren, war zwar aus bestem Kaschmir, aber vom Alter mitgenommen und vergraut.

Falkner war ein komischer Vogel. Einsam wie ein Milan. Nur zog er keine eleganten Kreise am Himmel, sondern schleppte sich mühsam und in sich gekehrt über die immer gleichen Strecken: Vom Schreibtisch zur Küche und zum Bett. Oder von seiner Wohnung zum Laden, zum Kiosk und zu seinem Stammcafé. Und dort trank er auch an diesem Morgen seinen Milchkaffee. Mit automatischen Gesten hatte er ein Brötchen unter der Plastikglocke hervor geklaubt und es, ohne irgendwie aufzumerken, verschlungen. Er sah auch nicht, dass er die Zeitung mit großen, schorfigen Brosamen bestreute, die er nun zwischen den Seiten begrub, als er weiter blätterte.

Falkner las die Zeitung langsam und gründlich, aber nur, weil er sich die Frage nicht stellte, ob ihn eigentlich interessiere, was er da las. Er hatte den Glauben an die Politik schon lange verloren, aber trotzdem verfolgte er die Ministertreffen und Staatsbesuche quer über den Globus, wenigstens auf dem Papier. Er durchschaute durchaus, wie wenig repräsentativ und einseitig die Auswahl der Nachrichten war, wie wenig sie tatsächlich über den Zustand der Welt aussagten. Aber trotzdem las er Tag für Tag, was ihm die Zeitung servierte: von den Kokabauern in Südamerika und der Mafia auf Sizilien, von den Aufständen in den Städten und den Seuchen auf dem Land. Er studierte Straßenbauprojekte und Schulreformen und las Kritiken über Konzerte und Theateraufführungen, denen er sich im ganzen

Leben niemals ausgesetzt hätte oder Buchrezensionen von Büchern, die ihn nicht interessierten.

Falkner wollte Zeit gewinnen. Er musste auch diesen Vormittag hinter sich bringen, der schon so früh, bald nach fünf Uhr, in einer noch blassen Morgendämmerung begonnen hatte. Noch ein Alltagsmorgen, der kühl durch seinen verschlissenen Morgenmantel drang, als er zum Herd schlurfte um sich seinen Tee zu brauen, ein Morgen, der nichts anderes bot als so langweilige Tätigkeiten wie Rasieren und Zähneputzen, bis es schließlich Zeit wurde, ins Kaffeehaus zu gehen. Dort endlich gab es Leben, Geräusche, Kaffeegeruch, andere Leute und eine Kellnerin, die ihn begrüßte. Allerdings waren auch die anderen Gäste verschlafen und in sich gekehrt, lasen ebenfalls ohne aufzublicken ihre Zeitung oder stierten, noch in Träume oder allgemeines Missbehagen verloren, in die Leere. Und alle warteten, dass irgend etwas geschähe, das sie aufwecken würde und sie aus ihrer Lethargie risse. Irgend etwas, das zu erleben sich lohnte. Aber natürlich geschah nie etwas. Was hätte denn auch geschehen sollen.

Doch immerhin war Falkner hier unter Menschen. Und es gab Pflanzen, die noch wuchsen und nicht traurig und verdorrt auf dem Fenstersims standen, wie die in seiner kleinen Wohnung.

Falkner war Forschungsleiter eines riesigen Pharmakonzerns gewesen. In aller Herren Länder arbeiteten die Spitzen der chemischen Wissenschaft unter seiner Leitung und suchten nach neuen Stoffen, die der Menschheit und der Finanzabteilung des Konzerns zum Heil dienen sollten. Unter seiner Verantwortlichkeit waren aufsehenerregende Durchbrüche in vielen Bereichen, hauptsächlich aber in der Heilung von Herz- und Kreislaufkrankheiten erzielt worden – damals die häufigste Todesursache in den westlichen Industrienationen. Und bei der Entwicklung des wichtigsten Wirkstoffs dieser Medikamentengruppe war er sogar persönlich beteiligt gewesen: Er hatte einem schottischen Kollegen, der wegen gewissen Schwierigkeiten beim Syntheseverfahren seine Forschungsreihe aufgeben wollte, einen Hinweis gegeben, der einer augenblicklichen Intuition entsprang und höchst ungläubig entgegengenommen wurde, der aber die ganze Sache schließlich realisierbar machte.

Und dann kam der unglückselige Tag, an dem er sich, anstatt sich auf die Überwachung und Koordinierung der über die ganzen Welt verstreuten Labors zu konzentrieren, beschloss, wieder selber in ein Forschungsprogramm einzusteigen. Seine Aufgabe als Forschungsleiter war ihm nämlich inzwischen gewohnt und damit etwas langweilig geworden. Und als ein junger Chemiker, frisch von der Universität, mit dem Vorschlag zu ihm kam, eine Reihe von neuen, gehirnaktivierenden Substanzen mit einem bewährten Psychopharmaka zu verschmelzen, beschloss er, dieses Programm nicht nur zu billigen, sondern sich selbst, zumindest in beschränktem Rahmen, daran zu beteiligen.

Der junge Doktor musste es mit dem Leben bezahlen, Falkner mit dem Verlust seines Ansehens und seiner Position. Der Lehrling, der an allem schuld war, verschwand im Ausland und ward nie mehr gesehen.

Sie waren ein angenehmes Team gewesen. Die Arbeit ging flott voran. Es herrschte eine freundliche und kollegiale Atmosphäre, so dass sich niemand erklären kann, wie es kam, dass der Lehrling eines Morgens etwas von der neuentwickelten Substanz in den Kaffee der beiden Forscher schüttete. Wahrscheinlich wollte er nichts anderes, als sich einen Scherz erlauben. Er glaubte vielleicht, ein kleines bisschen von der neuen Substanz schade nicht. Aber die Dosierung war eindeutig zu hoch gewesen. Die beiden Männer spürten zwar tagsüber nicht mehr als eine leichte Verstimmung und etwas Schwindel, was sie nicht einmal erwähnenswert fanden. Aber dann in der Nacht gingen beide auf Höllenfahrt. Der junge Doktor, so muss vermutet werden, verwandelte sich in einen Vogel und schwang sich aus dem Fenster seiner Wohnung, die im dreizehnten Stock gelegen war. Falkner ging auf einen Trip, der ihn fast zwei Jahre lang von der Realität, wie wir sie verstehen, fern hielt. Er verschwand in einem Jenseits, wo sich Lichterscheinungen, Götter und Krafttiere tummelten, wo Trommeln geschlagen wurden und Engel mit den Flügeln flatterten. Salate sprachen ihn an und Vögel trugen ihn weg, Bäume griffen nach ihm, und Tiere spukten ihn aus, statt ihn zu fressen. Er reiste durch helle und dunkle Universen, sah Riesen und Zwerge, verstand die Strahlung des schwarzen Lichts und fühlte sich den Wurzeln der Schöpfung nahe. Und eines Tages sah er seine Frau, die ihn vor mehr als zehn Jahren verlassen hatte. Sie hielt ihm die Hand.

Dieses Bild allerdings stellte sich als Realität heraus. Falkner war nach zweiundzwanzig Monaten im Koma wieder zu sich gekommen. Und Olga saß verhärmt am Bett und sagte etwas zu ihm, das er nicht verstand. Und es dauerte dann noch etliche Monate, bis er der Menschensprache wieder mächtig war.

Die Firma setzte ihm eine Rente aus und war froh, dass er nicht daran dachte, ins Labor zurückzukehren. Keiner, der ihn nämlich stammeln gehört hatte, mochte glauben, dass er nicht verrückt und für alle Zeiten geschädigt sei. Ein solches Menschenwrack hatte in der dynamischen Großfirma, die mit harten Bandagen auf dem Weltmarkt kämpfen musste, keinen Platz. Auch war die Geschichte mit dem heimlich verabreichten Nervengift der Führungsspitze der Firma äußerst peinlich. Und so war sie sehr darauf bedacht, nichts an die Öffentlichkeit dringen zu lassen. Dies wurde ihr dadurch erleichtert, dass sich die Krankheit von Falkner so lange hinzog und keiner mehr an den jungen Doktor dachte, als der Professor endlich wieder zu Bewusstsein kam.

An diesem Tag also, nach einer geistigen Abwesenheit von fast zwei Jahren, erlebte Falkner zu seinem Erstaunen, dass die Bilder vor seinen Augen nicht mehr von Augenblick zu Augenblick wechselten. Er schloss daraus, dass er nun wieder in dieser Welt zurück sei, die er von früher kannte und die während seiner langen Reise nur gelegentlich zwischen anderen Bildern aufblitzte. Falkner war nämlich keineswegs verrückt gewesen, sondern hatte mit hellem Bewusstsein und wachem Interesse verfolgt, was ihm geschah. Er hatte bald einmal festgestellt, dass alles anders war, als er es gewohnt war. Und als es ihm gelungen war, die Panik abzulegen, hatte er den wilden Reigen der Bilder und Geschehnisse sogar genossen. Er hatte versucht, zu verstehen, zu ordnen, Struktur in seine Erlebnisse zu bringen. Aber er war immer von neuem gescheitert. Er verstand, dass dies ein fremder Ort war oder dass es sich vielleicht um viele verschiedene, sich durchdringende Welten handelte, die sich nicht einordnen ließen, weil sie anderen und unbekannten Gesetzen folgten. Und er untersuchte diese Gesetze, so gut es sein schwankendes Bewusstsein erlaubte. Dabei fühlte er den Triumph des Forschers in sich, der Neuland betritt und etwas Einmaliges entdeckt.

Sein Enthusiasmus verschwand erst mit seinem "Erwachen". Seine Erkenntnisse schienen zu verschwimmen. Und er sah sich unfähig, sich zu äußern. Die Außenwelt behandelte ihn wie ein unmündiges Kind, kommandierte ihn herum und versuchte ihn zu manipulieren, als er Widerstand leistete. Er konnte ja auch nicht wissen, dass er schon vor Monaten die Augen aufgeschlagen und sich aufgesetzt hatte und von da an, willig und ohne ein Wort, alles befolgte, was man ihm befahl. Wie ein liebes Kind hatte er sich brav die Zähne geputzt und seinen Teller leer gelöffelt. Er stand auf und setzte sich hin, wie man es ihm sagte. Ja er turnte sogar, wenn auch ein wenig lethargisch, mit der Physiotherapeutin, die wöchentlich zu ihm kam, um seinen unbeseelten Leib einigermaßen in Form zu halten. Aber jetzt war er plötzlich kein Roboter mehr, er realisierte, was ihm geschah. Doch er konnte sich nicht wehren, weil er vergessen hatte, wie man spricht.

Aber Woche um Woche besserte sich sein Zustand. Er begann mit wenigen, einfachen Worten. Doch durch einen seltsamen Instinkt getrieben, vermied er sorgfältig, zu fragen und zu erfahren, was ihm geschehen war. Er bemühte sich einfach darum, seiner demütigenden Lage so schnell wie möglich zu entkommen. Also übte er sich zuerst einmal in Neinsagen und wendete dieses mit steigendem Erfolg an. Dann schickte er seine Frau weg.

Das war aber gar nicht so einfach. "Geh weg", sagte er, "geh weg!" Aber mit der Arroganz, wie Erwachsene sie gegenüber Kindern gerne zeigen, dachte sie, dass er nicht wisse, was er sage und dass er etwas ganz anderes meine, als er ausdrückte. Also lächelte sie milde und verständnisvoll und blieb. Er musste, gegen seinen Willen, seinen Gleichmut aufgeben und böse werden und schreien, bis sie endlich begriff, dass er ihre Sanftheit nicht an seinem Bett haben wollte. Das heißt, sie begriff es nicht, aber die Oberschwester schickte sie nach mehreren Krisen von Falkner mit beschwichtigenden Worten weg.

2

Falkner kam dann in eine Rehabilitations-Klinik und konnte nach längerem Aufenthalt schließlich eine eigene kleine Wohnung in der Stadt beziehen. Das gefiel ihm. Endlich hatte er Muße, um nachzudenken, endlich konnte er über seine Zeit bestimmen. Endlich waren keine lieben Menschen mehr da, die ihn freundlich bevormundeten, keine, die ihre Gutmütigkeit und ihren guten Willen vor sich her trugen wie einen Bauchladen, mit dem sie ihn wegschoben um für sich die Distanz zu schaffen, die sie ihm nicht zugestehen wollten.

Er kam gut zurecht. Er brauchte ja auch wenig. Eine Putzfrau kam einmal pro Woche und hielt die kleine Wohnung, wenn auch nicht richtig sauber, so doch einigermaßen in Ordnung. Wäsche wusch er selber. Und zu essen brauchte er nicht viel. Falkner war weder unglücklich noch verbittert über sein Schicksal. Im Gegenteil, er war zufrieden, dass er seine Ruhe gefunden hatte und niemand etwas von ihm wollte.

Ein Jahr zuvor hatte er zum Zeitvertreib einen Computer gekauft und jeden Tag ein bisschen damit herumgespielt. Er hatte mehrere verschiedene Programme ausprobiert und sich einige grundsätzliche Befehle angeeignet. Und gestern, vier Tage vor seinem einundsechzigsten Geburtstag, fing er an zu schreiben.

Das Summen des Computers und des Druckers füllte den Raum, aber Falkner hörte trotzdem noch den Regen, der draußen auf die Autos trommelte. Es goss wie aus Kübeln. Falkner zog das Halstuch enger. Und unmerklich schoben sich dabei seine Schultern zusammen. Nachdem er seinen Text abgesichert hatte, stellte er seine summenden Maschinen ab. Er nahm die Blätter vom Drucker und las, was er eben geschrieben hatte. Schon nach den ersten Sätzen wurden seine Gedanken ruhig und Stille herrschte in ihm.

Ein ungeheurer Druck auf den Kopf presste mich hinunter, bohrte mich sozusagen ins Erdreich. Dieses bot Widerstand, aber so wenig, dass ich unverletzt eindringen konnte.

Ja, mir schien sogar, dass die dunkle Masse immer weicher und nachgiebiger würde, sie nahm gleichsam die Form von dickem Wasser an, wurde transparent und ab und zu sah ich einen Fisch vor dem braunen Grund schwimmen und sein silbernes Glitzern machte die Dunkelheit noch dunkler. Weiter und weiter wurde ich – mit großer Geschwindigkeit – in dieses Fremde hineingezwungen. Mir schwindelte. Und plötzlich bemerkte ich vor meinen Füssen einen schwarzen Punkt, der rasch wuchs und zu einer großen Öffnung wurde. Ich fiel hinein und ins...Vakuum. Dies wurde mir aber erst nach ein paar Augenblicken klar, in denen ich trudelnd schwebte. Ich fühlte, wie ich mich leicht blähte und mich dabei um meine eigene Achse drehte, langsam, am gleichen Ort.

Ich hing lange in dieser absolut schwarzen Leere, konnte mich in keiner Position fixieren, schwebte, war total einsam und sah keine Möglichkeit, irgendwie irgendetwas zu verändern. Auch begann die undurchdringliche Schwärze mein Gemüt zu verfinstern. Da hörte ich plötzlich, auf dem Hintergrund der lauten Trommelschläge meines Herzens, ein Geräusch, das von außerhalb kam: Hatte da eben eine Maus gefiept? War da eine Maus?

Ich lauschte angestrengt, voller Hoffnung, doch nicht allein in dieser Dunkelheit gefangen zu sein. Aber es gab kein weiteres Fiepen und kein Geraschel, nichts. Ich spitzte die Ohren, suchte nach irgend etwas in der Leere.

Und tatsächlich, nun kam ganz deutlich von links ein Summen, ganz klar, eine Biene war unterwegs zu mir. Ihrem Ton nach zog sie gemächlich gemütliche Kurven. Dankbar begrüßte ich das Vorhandensein einer andern lebenden Kreatur in dieser Leere. Offenbar hatte es nicht mich allein hierher verschlagen.

Dies machte mir Mut, mich weiter umzusehen. Mühselig drehte ich mich um und versuchte, etwas wahrzunehmen. Und sah in meinem Rücken eine weiße, knapp durchsichtige Wand, hinter der sich helle Schatten bewegten: Die

Welt. Die Menschen. Ich realisierte, dass ich aus der Welt hinausgefallen war. Die Wand aber war das Fell einer Trommel, auf der mein Herz schlug.

Und plötzlich wusste ich, was zu tun war.

Es ging darum, in diese Schwärze hinein eine neue Welt zu schaffen. Mit dem silbernen Pinsel meiner Liebe sollte ich ein neues Universum zeichnen, das Dunkle erhellen, Farben malen.

Und ich beschloss, dass meine Welt ein Paradies sein sollte.

Ich machte mich sofort ans Werk. Als erstes schuf ich eine blühende Wiese. Akelei und Margeriten wiegten sich in sanftem Wind zwischen Gräsern, die in braunvioletten Tönen blühten. Darüber schien eine Vorsommersonne, die jetzt auch meine Arme wärmte. Ein Rascheln, Summen und leises Glucksen füllte die Luft. Natürlich musste ein blauer Himmel her. Ich dachte aber sogleich auch daran, an den entfernten Horizont ein paar Wolken zu hängen. Denn es würde in Zukunft auch hier von Zeit zu Zeit regnen müssen.

Es ging über meine Fähigkeit, mir all die einzelnen Tiere vorzustellen, die meine Landschaft brauchte um glücklich weiterleben zu können. Mir Hasen, Füchse und Rehe und viele der andern kleinen Pelztiere vorzustellen, war natürlich leicht. Aber wer mochte schon an die vielen Insekten denken? Und sollte ich nicht besser die Blattläuse weglassen? Aber wer schuf dann den klebrigsüßen Saft für die Ameisen und Bienen?

Ich muss gestehen, ich machte es mir einfach. Ich beschloss einfach eine wunderschöne, gesunde Wiese zu schaffen, mit allem, was in dieser Welt auch vorkommt und verließ mich darauf, dass die Natur schon wisse, was sie tut. Und ich setzte als selbstverständlich voraus, dass hinter dieser Wiese Wälder folgen würden, Täler mit Flüssen, Wasserfälle, Seen und natürlich würde es irgendwo auch ein Meer geben, unbegrenzt blau und grau. Gerade fiel mir noch ein, dass auch Berge in meine Landschaft müssten. Wüsten ließ ich vorläufig weg, obwohl mir nicht klar war, ob das sich nicht später als böse Hypothek auf mein Klima erweisen würde.

Ich sah mir meine Landschaft an und sah, dass sie gut war. Es grünte und blühte. Ein sanfter Wind wiegte die Bäume und mit ihnen die vielen Vögel und Eichhörnchen, die auf ihnen herumturnten. Stille lag wie eine Zärtlichkeit über allem. Frieden. Wie zufällig verteilte Wölkchen sahen die schneeflockigen Lämmer aus, die auf einer saftiggrünen Aue weideten, die würzige Kräutlein und zarte Gräser erahnen ließ. Nicht weit daneben lag allerdings ein Rudel Wölfe um ein Wasserloch. Interessiert besah ich mir die Situation von nahe. Waren diese reißenden Bestien in meiner Welt Vegetarier?

Nun bemerkte ich, dass eines der weißen Lämmer sich aus der wolligen Wolke der Herde löste. Geruhsam rupfend ging es in Richtung Wasserloch und auf die Wölfe zu. War es gedankenversunken, naiv oder wusste es, dass es nichts zu fürchten hatte? Als es sich den Wölfen näherte, hielt es inne und hörte zu fressen auf. Nur ganz gelegentlich, bei einem besonders würzigen Kräutlein mit gezackten Blättchen, senkte es noch einmal den Kopf, kaute bedächtig und selbstvergessen. Dann setzte es die hellgelben, glänzenden Hüflein eines vor das andere und ging langsam, aber ohne Zögern, zum Rudel der Wölfe. Diese waren aufgestanden, bildeten einen Halbkreis und blickten mit gelben Augen aufmerksam auf das Lamm, das nun in ihre Mitte kam, den Opfertod zu sterben. Es legte sich, mit der ganzen Würde seiner wenigen Jahre und seines heiligen Lebens, ins Gras.

Der Rudelführer, ein mächtiger, grauer Wolf mit riesigen Pfoten, trat näher und beschnupperte es. Es sah so aus, als ob er sich vor dem Lamm verneigte. Er leckte mit seiner zartrosa Zunge sanft die glatte Nase des Lammes. Dieses hielt die Augen geschlossen. Es regte sich nicht und lag wie

tot. War es in Schlaf oder in stummem Genuss versunken?
Dann biss der Wolf, ganz langsam, in die kleine, wolli-
ge Wolke. Und als das Blut aus den weißen Flocken des
Felles tropfte, kamen auch die andern Wölfe näher um sich
zu nähren. Der Kreis schloss sich schwarzgrau über dem
Lamm.

Mitgenommen vom Tod, den er eben erfunden hatte, gönnte sich Falkner eine Pause. Er war sehr nachdenklich. Es war alles so plötzlich gekommen. Da war dieses blendende Weiß des flockigen Lamms gewesen und nun sah er nur noch die dunklen, ineinander verkeilten Pelze des Rudels, aschig wie eine erloschene Feuerstelle ihre Farbe, brodelnd wie Lava ihre Bewegung. Fast war ihm, als ob die Wölfe über ihm wären und gierig nach seinem Fleisch schnappen würden.

Er spülte sein Unbehagen mit einem Schluck Whisky herunter. Und danach gönnte er sich sehr viel Zeit, bevor er sein Paradies weitergestaltete. Vor allem eine Frage quälte ihn. Konnte er es riskieren, Menschen einzuführen? Oder sollte er es mit einer üppigen Flora und Fauna bewenden lassen?

Er ließ seinen Blick über seine grünen Täler schweifen, sah am einen Horizont schneeige Berge mit vielen Gipfeln, Schründen und Gletschern, die mit breiten Zungen nach dem Flachland gierten. Am andern Ende seiner Welt aber verlor sich das Meer in blaugrauer Unbestimmtheit. Dazwischen dehnten sich grüne Steppen, schwarze Wälder und Tundren in unbeschreibbaren Farben. Nun fügte er doch auch noch Wüsten hinzu, denn ihn packte die Sehnsucht nach der braunvioletten Weite, die sich am Horizont über den Dünen zeigt, wenn die kalte Nacht hereinbricht und nur die Glut des Feuers und die Sterne daran erinnern, dass morgen wieder Tag wird. Falkner seufzte. Er fand nun alles sehr schön. Und doch fehlte etwas. 'Was fehlt', dachte er, 'ist Bewusstsein. Etwas oder jemand, der wahrnimmt'.

Er holte sich ein Glas Wasser, setzte sich an den Computer und schrieb:

> *Dort, wo sich die Wüste in Wellen legt wie das Meer, wo sich außer ein paar dürren Sandrosen nichts mehr bewegt, wo einzelne Sandkörner wie reines Gold in der Sonne blinken – und vielleicht auch wirklich aus Gold sind – dort ragte ein Felsen wie ein Kliff aus dem Sand, etwa zwanzig Meter hoch.*

Verdutzt unterbrach sich Falkner. Eben hatte er das Metermaß eingeführt. War das klug? Oder konnte irgend etwas Unerwartetes durch diese harmlose Maßangabe ausgelöst werden? Es war ihm im Moment unmöglich, sämtliche Implikationen, die dieses harmlose, in Paris deponierte Stück Platin mit sich brachte, abzuwägen und einzuschätzen. Und er stöhnte auf über der Vorstellung, was es bedeutete, eine neue und besser funktionierende Welt zu erfinden. Schließlich beschloss er, aus reiner Trägheit, alles vorläufig so zu belassen, wie es auf dem Bildschirm stand. Sein Computer hatte ein Korrekturprogramm. Es war später leicht möglich, alles nach Gutdünken zu ändern und zu verbessern. Also fuhr er fort:

> *Auf halber Höhe dieses Kliffs, das, aus seiner Form zu schließen, aus bröckeligem Kalkstein bestand, öffnete sich eine Ritze, knapp mannshoch ...*

(wieder zuckte Falkner innerlich ob dieser Maßangabe zusammen)

> *... und schwarz, weil sie sehr weit in den Felsen hinein zu reichen schien. Und in dieser Ritze saß, unbeweglich,*

mit untergeschlagenen Beinen, still meditierend, ein alterslo-
ser Chinese mit einem runden, kahlen Kopf, die Augen ge-
schlossen, das spärliche Barthaar sorgfältig auf seinen
Kimono drapiert. So saß er, vielleicht seit Jahrhunderten,
vielleicht noch länger, und konzentrierte sich auf das Krei-
sen der Planeten und auf die Bahnen der Galaxien und
hielt so das Universum in einem schwebenden Gleichge-
wicht. Niemand wusste, wie er hierher gekommen war ...

Und hier unterbrach sich Falkner wieder. Denn wer,
in seiner menschenleeren Welt, konnte sich überhaupt
wundern, wenn doch weder Mann noch Frau noch
Kind erfunden und erschaffen waren? Falkner merkte,
dass es unumgänglich war, weitere Menschen in seine
Erfindung einzuführen. Seufzend goss er sich einen
weiteren, nicht allzu kleinen Whisky ein, kaute gedan-
kenverloren auf einem trockenen Biskuit herum und
wusste nicht, wie er weiterfahren sollte. Er fürchtete
sich vor den Menschen. Er wusste, was dann kommen
würde: riesige Städte, Verkehr, Technisierung, Umwelt-
verschmutzung, Konkurrenz, Konflikt, Krieg. Dabei
hatte er doch ein Paradies schaffen wollen!
Er beschloss, ganz sorgfältig und klein zu beginnen,
mit einem winzigen Dorf in einem einsam gelegenen,
grünen Tal:

Verstreut lag ein Dutzend Häuser am Lauf des klei-
nen Baches, dessen Plätschern deutlich zu hören war. In
den Sommerlüften hingen ein paar farbige Tücher zum
Trocknen. Ein etwa zwölfjähriger Hirtenjunge führte drei
Ziegen auf dem schmalen Pfad zum Hügel. Er blickte zu-
rück auf das Dorf, wo sich nichts bewegte. Es herrschte
Mittagsruhe.

In der dunklen Hütte der Roa war aber ein unhörbares
Raunen. Kaum hatte sie sich zur Ruhe auf ihre Matte ge-
legt, war der Häuptling eingetreten. "Gibst Du mir zu

trinken?", hatte er gefragt. Und als sie aufstand und etwas Wasser schöpfte, trat er hinter sie und legte die Hand auf ihren Rücken. Die klebrige Wärme seiner Handfläche erhitzte ihre Schultern und breitete sich wie eine Welle über ihren Körper aus. Sie wurde schwach und lehnte sich zurück, so dass sie Körper an Körper standen. So schöpfte sie Wasser aus dem buntgezackten Krug und als sie sich drehte und es dem Häuptling reichte, lachte dieser mit weißen Zähnen. Er nahm den Becher, trank aber nicht, sondern warf sich das Wasser ins dunkle Gesicht. Sie starrten sich eine Weile lachend an, dann umfing er sie, drückte seine nassen Haare an ihren Hals, seinen heißen Körper an ihren. Roa spürte die Härte seines Geschlechts wie eine Faust auf ihrem Bauch. So standen sie eine Weile, dann ließen sie sich zu Boden gleiten. Sie rissen sich die Tücher vom Leib und dunkle Schatten spielten auf ihren samtenen Körpern. Er hielt sie am Hals, als er in sie eindrang, und sie bog die Kehle zurück, mit einem tonlosen Stöhnen, einmal mehr bereit zu sterben, wenn es denn sein müsste. Aber es musste nicht sein. Sie weitete sich und verwandelte den Schmerz in Lust, die ausuferte und schließlich alle Grenzen durchbrach. Im gleichen Rhythmus keuchend kamen sie schließlich zur Ruhe.

Roa lag erschöpft. Mechanisch drehte sie eine der nassen Haarsträhnen des Häuptlings. Durch den Eingang der Hütte sah sie ins gleißende Sonnenlicht. Ihr kleines, schwarzes Schwein kuschelte sich enger in den Schatten des Gebüschs. Sie war glücklich. Dies war ein guter Sommer. Die Gemüse im Garten wuchsen und der Häuptling liebte sie.

Falkner schloss die Datei. Es war Zeit für seinen Spaziergang. Auch hatte er kein Brot mehr im Hause, wohl aber Hunger im Leib. Und ohnehin machte ihn diese Liebesgeschichte unruhig. Draußen sangen die Vögel. Der Frühling kündigte sich an.

Im Park flitzten die Kinder auf Rollschuhen herum und spielten mit Murmeln, wie sie es seit Generationen tun, wenn die Luft wieder warm wird. Aber Falkner achtete nicht darauf. Zielstrebig besorgte er seine Einkäufe, um so schnell wie möglich wieder nach Hause zu kommen. Am Kiosk kaufte er eine mehrfache Zigarettenration.

"Wollen Sie verreisen", fragte die freundliche Kioskfrau, mit der er täglich ein paar Sätze wechselte. Falkner zuckte die Schultern und murmelte, er denke daran, vielleicht... So geistesgegenwärtig log er, der alte Vogel.

3

Falkner dachte nicht daran, ins Wochenende zu fliegen. Seit er allein in seiner kleinen Wohnung lebte, war er nicht einmal mehr in einen Vorort seiner Stadt gereist. Und wenn er jemals flog, dann nur in Gedanken. Das allerdings hatte er in den vergangenen Jahren intensiv praktiziert. Aber nun hatte sich die Qualität des Geschehens verändert. Nun schuf er die Regeln, nach denen die Reise ablief. Nun erfand er seine Geschichten und sie stießen ihm nicht einfach zu. Allerdings wurde ihm im Laufe der nächsten Tage schnell klar, dass auch diese, seine eigene kleine Welt, anfing, Selbständigkeit zu entwickeln. Er fand das ziemlich aufsässig von ihr. Und als sich nun Roa plötzlich als schwanger erwies, brachte ihn das in ziemliche Verlegenheit.

'Noch bin ich Herr der Geschichte', sagte er sich. 'Ich kann dieses Kind abgehen lassen oder diese Roa sogar umbringen. Aber irgendwie fand er das doch schade. Die samtenen Schatten auf ihrer Haut hatten es ihm angetan. Schließlich entschloss er sich, vorläufig nicht einzugreifen. 'Es eilt ja nichts, lassen wir es auf uns zukommen. Ich kann immer noch handeln', dachte er seufzend. Und ließ seine Geschichte ins Kraut schießen:

Roa war glücklich. Der Häuptling kam nun jede Nacht, so dass kein anderer Mann zu ihr kommen konnte. Alle begriffen, dass sich zwischen den beiden etwas Besonderes abspielte und respektierten es. Alle gönnten es dem Häuptling, denn er war der beste von ihnen. Keiner schlug die Bäume sauberer und schneller und keiner konnte sie so genau an die beabsichtigte Stelle fallen lassen wie er. Keiner von ihnen wusste so raffinierte und feste Knoten um die Bambusstäbe zu schlingen, und so baten sie ihn alle, beim Hüttenbauen ihr Gerüst zu binden. Die Männer akzeptierten seine Vormachtstellung und die Frauen freuten sich, wenn er zu ihnen kam.

Roa war glücklich. Ihr Bauch wuchs und mit ihm ihre Freude. Zwar war es mühsamer geworden, unter den Gemüsepflanzen zu hacken, aber der Sommer war gut und die Bäume trugen Früchte wie selten. Manchmal ging sie aufs Feld, zu einem der andern Männer, brachte ihm eine Frucht und bot sich selber an. So teilte sie ihre Freude und ihr Glück.

Ihr Bauch war nun so hoch wie ein kleiner Berg, und wenn sie lag, versperrte er ihr die Aussicht auf den Garten, der sich hinter dem Türrahmen wie ein Bild auftat. Und Roa lag oft, während draußen die Hitze gloste. Sie blinzelte aus dem schattigen Dämmer in die gleißende Helle und horchte auf das Kind, das in ihrem Bauch seine kleinen Schwimmbewegungen machte. Sie suchte in ihren Halbträumen nach seinem Bild, damit sie ihm einen Namen geben könne.

An diesem Nachmittag kam der Häuptling und er trug ein kleines Stück Honigwabe in der Hand. Er setzte sich auf Roas Matte, streichelte sie am Hals und legte gleichzei-

tig die kleine Honigwabe auf den hochgewölbten Bauch. Es wurde kein Wort gesprochen, als er nun begann, den Bauch und den Honig zu lecken. Roa dehnte sich vor Behaglichkeit, während der Häuptling gründlich, ernst und gesammelt vorging: 'Komm heraus, kleiner Bruder', sang es in ihm, 'komm heraus kleine Schwester. Wir warten auf Dich. Wir freuen uns auf Dich. So süßen Honig wirst Du lecken. Komm heraus, kleiner Bruder, komm heraus, kleine Schwester. Und als der Honig sauber aufgeleckt war und Roas dunkle Haut nur noch von der matten Feuchtigkeit des Speichels glänzte, blies ihr der Häuptling vier Mal über den Bauch. Und das bedeutete, dass die vier Winde und die vier Himmelsrichtungen dem Wesen offen stehen sollten. Danach stand der Häuptling auf, verneigte sich leicht und ging ohne ein Wort. Denn diesmal war er nicht als Liebhaber, sondern als Vater des ganzen Dorfes gekommen. Und mit seinen Gesten war das Neugeborene im Dorf willkommen geheißen worden.

Roa wusste, dass sie nun bald gebären würde. In den nächsten Tagen ging sie darum bereits bei Sonnenaufgang aus der Hütte und kletterte den schmalen Ziegenweg hinauf um Blumen zu pflücken. Am ersten Tag waren es gelbe, mit glänzenden, wie lackierten Blättern und einem süßen Duft. Diese Blumen legte sie sich, als sie am Nachmittag ruhte, auf ihren braunen Bauch, damit das Kind riechen könne, welche Herrlichkeiten die Welt ihm bereithalten würde und damit es bald und gerne aus ihr herauskäme.

Jeden Tag pflückte sie nun eine andere Blume oder ein anderes Kraut und zeigte die verschiedenen Farben und die seltsam unterschiedlichen Düfte ihrem ungeborenen Kind. Dabei pries sie die Eigenschaften der Pflanzen und versprach dem Kind die verschiedensten Genüsse. Aber weil sie eine kluge Frau war, nahm sie auch einmal ein Bitterkraut oder ein stechendes Pflänzlein, damit sich das Kind keine Illusionen über die Welt machen könne, in die es

24

hineingeboren würde. Und sie sprach zu ihm: "Diese Kräuter, mein Sohn" – sie hatte das Kind inzwischen gesehen und wusste, dass es ein Knabe war – "diese Kräuter stechen zwar, aber mit ihnen fliegt Deine Seele in den Himmel." Und: "Diese Blätter, mein Kind, pass auf, diese Blätter schmecken sehr bitter. Aber sie heilen, wenn Du sie auf eine Wunde legst." Und: "Ra-hul, mein Sohn, so werde ich Dich nennen, wenn Du herauskommst. Ra-hul, ist das nicht ein schöner Name? Du wirst das Meer sehen, Ra-hul, und die Bäume und den Mond. Komm heraus, mein Kind."

Als dann der Tag kam, lag sie mit offenem Geschlecht und wachen Sinnen auf ihrer Matte. Die erste Welle der Wehen hatte sie, halb im Stehen an einen Bambusstab des Hüttengerüstes gelehnt, durch sich hindurchgehen lassen. Nun ruhte sie sich aus. Sie roch wie sonst nie die trockene Erde des Hüttenbodens, ein unbeschreiblicher Geruch mit einer aufgerauten Oberfläche, und fühlte die harte Glätte der Schilfmatte an ihren Handflächen, kühl wie polierter Stein. Sie atmete tief und achtete nicht auf die Geräusche der Frauen an der Feuerstelle. Der Häuptling kniete neben ihr, rührte sich aber nicht, um sie nicht zu stören.

Und als der Schmerz nun wiederkam, wie eine unaufhaltbare Welle, richtete sie sich auf, den Blick abwesend und konzentriert. Denn nun wollte sie den Schmerz in Lust verwandeln, den Krampf verflüssigen und seine Macht genießen. Sie atmete tief und dehnte sich. Und als sie die nächste Welle mit brutaler Gewalt packte, gab sie zurück: Sie stieß und stieß, schwitzend und im Triumph wie ein Mann, der zustößt, und mit jedem Stoß schwoll ihre Kraft. Sie ritt auf der Woge der Schmerzlust, sie formte sie nach ihrem Willen, sie warf sie auf nach ihrem Bedürfnis, sie presste sie nieder mit der ganzen Gewalt ihres Seins. Und schließlich, triefend, auf dem Höhepunkt der Ekstase, stieß sie das Kind, zusammen mit einem Schwall von Blut, aus sich hinaus. Und der Häuptling, der mit ge-

senktem Haupt vor ihr kniete, hielt seine Arme ausge-
streckt und offen und fing es auf. In Verzückung und de-
mütiger Hingabe empfing er das Kind und den Schleim
und das Blut. Lange betrachtete er das neue Wesen und
gab ihm seinen stillen Segen, dann bot er es der Mutter zur
Besichtigung an. Diese warf einen erschöpften, gleichzeitig
klaren und irren Blick auf das blutige Bündel und sagte
ohne zu lächeln: "Ra-hul, sein Name ist Ra-hul." Dann
kehrt sie auf diese Welt zurück, sank auf die Matte,
schloss die Augen und überließ sich und das Kind der Pfle-
ge der anwesenden Frauen.

Falkner war von der Geburt mindestens so erschöpft
wie Roa. Gleichzeitig fühlte er Zufriedenheit und
Glück, dass er etwas so Schönes und Vollkommenes
wie dieses Kind in seine Welt hinein geschaffen hatte.
Entspannt wie seit langem nicht mehr, legte er sich aufs
Sofa. Er schlief sofort ein. Und es war zehn Uhr
abends, als er erwachte und, ohne sich auszuziehen, in
sein Bett kroch. Und dort schlief er weiter, gut und tief
und traumlos, bis ihn ein nicht all zu weit entferntes
Kirchengeläut aufweckte. Er konnte es nicht glauben,
als er die Glockenschläge zählte. Neun Uhr. So lange
hatte er noch nie geschlafen seit er hier wohnte.

Und nun tat Falkner etwas Unerhörtes: Er zog sich
an und ging nicht in sein Stammcafé, sondern beschloss, den Zoo zu besuchen. Seit Jahrzehnten war er
nicht mehr dort gewesen. Aber nun zog es ihn hin. Es
war, als ob die Geschichte von Roa seinen Körper an
sich selbst erinnert hätte und als ob sein vertrockneter
und halb vergessener Leib Geborgenheit und Nähe bei
seinen Verwandten, den Tieren, suchen wollte.

Die Fahrt mit der Straßenbahn wurde zum Abenteuer: Die Kartenautomaten waren völlig anders als zuvor,
neue Automaten, neu beschriftet. Aber Falkner nahm
sich Zeit und studierte geduldig, was von ihm verlangt

war. Und tatsächlich gelang es ihm schließlich, seinen Fahrschein zu lösen. Die Linie 5, die früher zum Zoo fuhr, gab es nicht mehr. Aber er fand eine andere Möglichkeit, nämlich einen Bus, der ihn zu seinem Ziel führte.

An der Zoo-Kasse bezahlte er ohne Ausweis den Rentner-Tarif. Denn Falkner, der erst gerade einundsechzig geworden war, sah aus wie siebzig. Er gehörte zum Schlag der Menschen, die grau und alt werden, wenn sie einem Geist begegnen. Und er hatte während seiner Krankheit einer Unzahl von merkwürdigen Wesen gegenüber gestanden.

Endlich waren endlich alle Hürden genommen und Falkner war im Zoo! Flamingos mit lachsrosa leuchtendem Gefieder standen zierlich auf ihren einzelnen Beinen und dösten in der Wärme der Vorfrühlingssonne. Sie bildeten einen Farbklecks in dem noch winterlich verhaltenen Graugrün des Parks. Und Falkner genoss ihren Anblick, auch wenn er wusste, dass sie ihre rosa Federn künstlich synthetisiertem Karotin verdankten. Dann kamen Gehege mit Pelztieren: Eisbären schliefen träge hinter einem dicken Baumstamm und sahen aus wie Türvorlagen. Kragenbären trotteten hin und her und warfen den Kopf in den Nacken, wenn sie an der Mauer anlangten und wieder umkehren mussten. Der dicke alte Braunbär saß mit gespreizten Schenkeln und starrte trübselig in den tiefen Graben, der ihn vom Publikum trennte. Dann kam ein Teich, getüpfelt von Enten aller Farben und anderem schwimmendem Federgetier. Bei den Affen gab es bereits Junge und auch ein kleines Zebra kuschelte sich an seine Mutter, seine schwarz-weißen Streifen im zarten Fell fein und schmal. Der Löwe lag lethargisch, die Vorderpfoten unter seinem haarigen Haupt versteckt. Und Pinguine standen zu kleinen Säulen erstarrt, wie Lots Weib, als es sich Richtung Gomorrha drehte. Auf der rückwärtigen

Käfigwand war ein aufwendiges Gemälde von der weiten Antarktis gemalt, aber keiner der Vögel guckte darauf. Falkner fröstelte vor der kalten Unendlichkeit. "Stell Dir vor", flüsterte er einem der Königspinguine zu, "einer von Euch würde behaupten, weit, weit im Süden gäbe es eine Welt aus Eis, die den Pinguinen gehört. Und dort herrsche die grenzenlose Freiheit. Ihr würdet ihn als verrückt erklären und einsperren!" Aber der Pinguin war hinter Glas und hörte nicht zu.

Dann setzte sich Falkner ins Vogelhaus, in dem kleine bunte Exotenvögel zwischen großen Pflanzen frei herumflatterten. Wie glitzernde Farbkugeln tauchten sie zwischen den grünen Zweigen auf, flitzten in den Zwischenräumen umher und verschwanden wieder. Falkner beobachtete eine Maus, die durch die niedrigen Farne einer der Pflanzenkisten raschelte. Die laute Stimme einer Mutter lenkte ihn ab. Sie sprach belehrend und befehlend in ihren Kinderwagen hinein. Ein kleines Kind fing heftig zu weinen an. Es wollte liegen statt sitzen oder vielleicht auch nicht essen, wie es sollte. Und die Mutter gab nicht nach. Sie war eifrig in ihren Erziehungsbemühungen und in ihrer Wohlgemeintheit gefangen wie ein Zootier hinter seinen Gittern. Selber dressiert, dressierte sie ihr Kind. "Der Mensch ist nicht des Menschen Wolf", brummelte Falkner verärgert, "sondern des Menschen Brett vor dem Kopf." Er trottete achselzuckend davon. Er hasste Zwang, auch wenn er andern angetan wurde.

Das Affenhaus war neu gebaut und prächtig. Riesige Panzergläser erlaubten es den Zuschauern, ganz nahe an die Tiere heranzutreten, Aug in Aug mit ihnen zu stehen und ihre Falten und Haare im Detail zu betrachten. Da schwangen sie nun an ihren Seilen, die munteren Schimpansen, im kindlichen Spiel, und hingen vor harten, kahlen Betonwänden. Sie hatten vergessen, dass es Lianen gibt und Regenwälder und Erde, voll von

Duft und herrlichen Ameisen und anderem Krabbelgetier, das köstlich zwischen den Zähnen knirscht, wenn man es knabbert. Der Baumstamm in ihrem Käfig war tot und geschält. Und nichts erinnerte an die Möglichkeit von Blättern und Knospen, die so verschieden schmecken und manchmal weich, manchmal knackig zu beißen sind.

Ein alter Schimpanse saß in einem Autoreifen ganz nahe an der Scheibe und schaute versonnen ins Publikum. Seine Augen waren von milchiger Bräune und voll von tiefster Resignation. Dritte Generation Zootier. Er sah klug aus. Er schien zu wissen, was er verloren hatte und nicht zu genießen, was er dafür gewann. Falkner fühlte sein Herz sinken. Was war das für eine Welt!

Er floh nach Hause, in sein Universum, das er nach freiem Ermessen gestalten konnte. Und schon unterwegs im Bus schien ihn eine frische Brise zu streicheln, die von seinem erfundenen Meer her blies.

4

Frauen vom Dorf waren gekommen um Roa und das neue Kind zu bewundern. Sie stießen kleine, zarte Freudenschreie aus und reichten das Baby von Arm zu Arm; jede wiegte es, legte es an ihre Brust und diejenigen, die auch gerade Milch hatten, boten ihm zu trinken an. Das Kind aber nahm nichts an. Es beobachtete mit merkwürdig wachen Augen die verschiedenen Gesichter und alles was geschah.

Tatsächlich hatte dieses Kind nichts von der verschlafenen Trübheit und Verschwommenheit normaler Babys. Es strahlte Wachheit, Klarheit und Bewusstsein aus. Aber die Frauen sahen das nicht. Nur eine einzige reagierte mit der gleichen Aufmerksamkeit und Klarheit wie das Kind.

Diese Frau war Falkner ohnehin von Anfang an besonders aufgefallen, weil sie rote Haare hatte, die ihr wie eine wuchtige Mähne auf den Rücken fielen. Und während sich die andern Frauen anstießen, kleine Lacher aufsteigen ließen und schwatzten wie eine muntere Spatzenschar, blieb Eela, so wurde sie gerufen, ruhig.

Still stand sie da und beobachtete. Und als sie an der Reihe war, das Kind in die Arme zu nehmen, zog sie es nicht an ihren Körper, sondern hielt es mit gestreckten Armen vor sich und musterte es genau. Eine Weile blickten sie sich in die Augen, sie und das Kind, beide in vollständiger Aufmerksamkeit, ohne dass zu erkennen gewesen wäre, was dieser Blick in ihnen auslöste.

Über Eelas Gesicht zogen geheime Gedanken wie Wolkenschatten. Und dann legte auch sie sich das Kind aufs Herz und strich ihm in einer segnenden Gebärde über Kopf und Rücken. Sie wiederholte die Geste drei Mal. Und Falkner war fasziniert von der Ruhe und der Würde, die von ihren Bewegungen ausging.

Roa saß indessen auf einer Matte vor ihrer Hütte und nahm die Geschenke und Komplimente der Frauen entgegen, stolz und zufrieden, Mittelpunkt der kleinen Feier zu sein. Und als nun die Frauen zu singen begannen und Lied um Lied anstimmten, wiegte sie sich im Rhythmus der Klänge und wurde immer träumerischer. In einer Vision sah sie ihren Jungen, bemalt mit schwarzen Streifen und bekränzt mit Girlanden aus gelben und roten Blüten, am Tag seiner Aufnahme unter die Männer, und sie freute sich, von nun an beschützt zu sein.

Der Computer schnurrte wie eine Katze, als Falkner seinen Text speicherte. Und er genoss die seltsam warme Behaglichkeit, die über ihn gekommen war. Er wunderte sich einmal mehr, was ihm zu seiner Geschichte Neues eingefallen war. Ursprünglich wollte er mit diesem Kind ja nichts zu tun haben, aber nun war er gefesselt von diesen großen, wachen Kinderaugen, die vor ihm schwebten und ihn, den alten Falkner, zu betrachten schienen. 'Besser, ich besorge mir etwas Abwechslung', dachte er. Er zündete sich eine Zigarette an und schlurfte aus seiner Wohnung.

Es gab im Leben von Falkner einen Fixpunkt, den er am Donnerstag regelmäßig ansteuerte. Das war das Restaurant Traube, eine kleine Quartierkneipe, in deren heruntergekommenem kleinen Bankettsaal Schach gespielt wurde. Eine vom Rauch und vom Nachdenken verdichtete Atmosphäre erlaubte es ihm, hier unterzutauchen und gleichzeitig unter Menschen zu sein. Zwar war heute Dienstag und sein fester Partner erwartete ihn nicht, aber es litt ihn nun einmal nicht zu Hause.

Falkner setzte sich, ohne viele Worte, zu ein paar jungen Leuten und fragte, ob einer von ihnen mit ihm eine Partie spielen wolle. Ein junger Mann stimmte augenblicklich begeistert und geschmeichelt zu, denn Falkner war bekannt in diesem Lokal und galt als Größe. Es war eine Ehre, von ihm zum Spiel aufgefordert zu werden.

Falkner ließ dem Jungen den Anfang und zog kühn und routiniert, aber nicht sehr überlegt. Denn vor ihm schwebte die rothaarige Eela. Dann drängte sich ihm das Bild des kleinen Kindes auf, das nun seiner Mutter Sorgen machte, weil es nicht schlafen wollte. Wenn immer Roa nach ihm sah, hatte es die Augen offen und betrachtete die Dachbalken oder eine Fliege oder sie selber oder es starrte ins Mondlicht, das durch die Türöffnung fiel. Roa hatte Ra-hul noch nie mit geschlossenen Augen gesehen. Falls er je schlief, dann nur, wenn auch sie ruhte. Roa war tief beunruhigt.

"Schach", sagte der junge Mann, und Falkner tauchte aus seinen Bildern auf.

"Ich bin heute ein mieser Gegner", brummelte er, "entschuldigen Sie, ich werde mich jetzt mehr anstrengen."

Tatsächlich freute sich der junge Mann kaum
über seinen Sieg. Es war wirklich zu schnell und einfach gegangen. Er fragte besorgt: "Sind Sie o.k.?"

"Ja, ja", beeilte sich Falkner, ihn zu beruhigen, "mir ist einfach etwas durch den Kopf gegangen. Nichts Wichtiges." Aber als er das sagte, wusste er, dass das nicht stimmte. Trotzdem riss er sich nun zusammen und es gelang ihm ohne Anstrengung, den jungen Mann eineinhalb Stunden angestrengt arbeiten zu lassen, bis er ihn endlich gewinnen ließ. In den Pausen, in denen sein Gegner sich den nächsten Zug überlegte, saugte Falkner heftig an seiner Zigarette und kreiste, sozusagen aus der Distanz der Vogelschau, über seiner kleinen, erfundenen Welt und genoss die Wärme und den Frieden, der über seiner Idylle lag.

Am nächsten Morgen Punkt zehn saß er wie gewohnt im Kaffeehaus und verkrümelte wie eh und je sein Brötchen über der Zeitung. Aber diesmal las er nicht. Er saß einfach da und spürte das Gebäck in seiner einen Hand und das Zeitungspapier in der andern. Er verglich das Gefühl links mit dem Gefühl rechts und fühlte die Sitzbank unter seinen Schenkeln. Und er war dabei so aufmerksam, dass er sogar die Bewegungen der Kellnerin, die am entfernten Buffet ihrer Arbeit nachging, mit seinem Körper wie ein leichtes Ziehen wahrnahm. 'Sie hat es auch nicht leicht', dachte er sich, 'diese vielen Stunden hier. Danach die Hausarbeit, der Mann durchgebrannt, der Sohn frech und undankbar. Und dann fuhr er zusammen und sagte streng zu sich: 'Falkner, jetzt übertreibst Du mit dem Phantasieren! Und die Kellnerin, als ob sie etwas gemerkt hätte, sah ihn mit einem langen Blick an und verzog dann ihr verhärmtes Gesicht in unsicheres Lächeln.

Roa war unterwegs zu Eela, um sie um Rat zu fragen. Sie mochte weder dem Häuptling noch irgend einer der anderen Frauen gestehen, wie sehr sie sich um ihr Kind sorgte. Aber zu Eela hatte sie Vertrauen. So ging sie den schmalen Pfad hinunter zum Strand, wo Eela mit ihrem Fischer wohnte. Sie saß neben der Hütte, im Schatten einer aufgespannten Matte, und besserte ein Netz aus.

"Eela", sagte Roa, "ein großer Fuß scheint auf mein Glück zu treten: Mein Kind......"

"Gib her", sagte Eela. Und wieder hielt sie das Kind in Armlänge von sich und betrachtete es genau. Und dann kam ein strahlendes Lächeln in ihr Gesicht, und auch das Baby verzog seine Lippen. Dann legte sie es auf ihren linken Arm und fuhr ihm mit der rechten Hand über das Gesicht, einmal, zweimal und dreimal. Und beim dritten Mal ließ sie die Hand für eine kurze Weile auf seinen Augen ruhen.

"Es hat starke Augen", sagte sie nun zu Roa. "Aber es sind gute Augen. Du solltest stolz sein und alle Düsternis verscheuchen. Es ist ein starkes Kind."

"Das Kind eines Häuptlings", sagte Roa nun ganz schnell und stolz und froh, dass sich ihre Befürchtungen als unnötig erwiesen hatten, "Ra-hul wird ein großer Mann werden."

Darauf erwiderte Eela aber nichts.

"Ich habe Dir ein paar Zwiebeln mitgebracht", sagte nun Roa, die es eilig zu haben schien, wieder davonzukommen. Sie legte ein Bündel roter Zwiebeln vor Eelas Füße, die ohne Regung sitzen blieb. Roa nickte ihr zu und ging.

Das Kind in ihren Armen schlief.

Eela nahm die Arbeit an ihrem Netz wieder auf. Es war alles wie immer: Ihre Kraft hatte gewirkt. Und auch ihr Schicksal. Eela war eine Sklavin und hatte kein Recht, mit Roa zu sprechen.

33

Falkner stand am Fenster und schaute auf die Straße, in der sich Autos, Trambahnen und eilige Fußgänger behände durcheinander bewegten. In dieser Straßenschlucht schien es keine Ruhe zu geben, selbst die Lichter blinkten, und in den Büros gegenüber gingen Leute geschäftig hin und her, gestikulierten am Telefon, wühlten in Schubladen, blätterten, tippten. Ihre Unruhe steckte ihn an. Er fing an, mit den Fingern auf die Scheibe zu trommeln. 'Was soll das alles', fragte er sich einmal mehr. Was sollte das alles? Dunkelhäutige Inselschönheiten mit Kindern, Duft und Frieden, große Augen, und diese junge Frau, ein Kind fast noch, mit roten Haaren, die hier ihre Netze flickte, selber verwoben in ein Schicksal, das tausendfach verknotet und unentrinnbar schien? Und woher kam das alles? Er hatte doch ein Paradies schaffen wollen. Aber nun saß da eine Sklavin, von ihm erfunden, ihm eingefallen, in seinen Kopf, in seine Gedanken eingedrungen, nicht gerufen, nicht konstruiert, einfach gekommen. Und nun saß sie da und flickte ihr Netz und wollte, dass ihre Geschichte erzählt würde. Nein, stimmte nicht, das wollte sie gar nicht. Sie saß einfach da und flickte ihr Netz. Die Geschichte war es, die wollte, dass sie erzählt wird.

Geschehnis an Geschehnis reihte sich in Falkners Kopf auf und schon formten sich Sätze. Oder war es in seinem Herzen? Oder in seinen Gedanken? Er wusste nicht, woher es kam. Und er hatte keine Ahnung, wohin es ihn führte. Falkner, der damals unerschrocken, interessiert und offen geblieben war, als die Geister des Giftes über ihn herfielen, er zögerte nun, als die Bilder aus ihm selber aufstiegen. Was würde noch alles entstehen? Könnte er die Verantwortung dafür übernehmen? Und überhaupt, woher kamen diese Bilder? Aus ihm, gewiss, aber woher aus ihm? Wer oder was gab es da in ihm, das solche Bilder und Geschichten produzierte?

Falkner beschloss, spazieren zu gehen. Und zu seiner Entlastung wollen wir hier für ihn die Geschichte von Eela erzählen.

Seit Menschengedenken hatte es im Dorf kein rothaariges Kind mehr gegeben. Und als nun die Tochter des Häuptlings ein Mädchen mit hellem Haar zur Welt brachte, wurde geflüstert und gemunkelt, dass etwas nicht mit rechten Dingen zugegangen sei. Der alte Priester, der ein kluger Mann war, versuchte gar nicht, irgend jemandem etwas auszureden. Er ging zur jungen Mutter und sagte ihr, das Kind gehöre ihm, sobald es entwöhnt sei. Er hatte von seinem Recht, ein Kind zu fordern, bisher noch nie Gebrauch gemacht. In diesem Fall aber wusste er, dass dieses Kind unentrinnbar zum Außenseiter gestempelt war. Außenseiter waren aber auch die Kenner des geheimen Wissens, darum war es passend, das Kind zu seiner Schülerin zu machen.

Mit dreieinhalb Jahren kam das Mädchen, das bis zu diesem Tag keinen Namen erhalten hatte, zu ihm. Er weihte sie den Geistern der Erde, des Himmels, des Feuers und des Meers, und gab ihr den Namen Eela. Und sie diente ihm, bis sie alt genug war, unterwiesen zu werden. Dann lehrte er sie zu unterscheiden: Die Sterne, die Steine, die Tiere, die Pflanzen, die Menschen, die verschiedenen Teile ihrer Seelen. Und als ein paar Jahre vergangen waren, lehrte er sie, zu verschmelzen: Mit den Sternen, den Steinen, den Tieren, den Pflanzen, den Menschen, ihren Körpern und ihren Seelen. Er lehrte sie, zu sehen und zu wissen, was in allem war. Und dann lehrte er sie die Kunst der körperlichen Liebe. Und erst als sie alles zur Vollkommenheit beherrschte, lehrte er sie die Namen der Geister und wie man diese rief und um Hilfe bat.

Und eines Tages stellte er sich vor sie und sagte:

"Jetzt weißt Du alles, was ich weiß. Und alles, was ein Mensch überhaupt wissen kann. Und das wird so sein, bis Du einen Mann liebst. Dann wirst Du alles vergessen."

Und sie antwortete: *"Aber ich liebe Dich doch, Vater."*

Aber der alte Priester zuckte nur ausdruckslos die Schultern und erwiderte:

"Ich habe es Dir gesagt."

Und dann kam der Tag, wo eine große Flutwelle über dem Dorf zusammenschlug und Hütten, Menschen und Vieh wegschwemmte und ins Meer hinaus trug. Eela, die draußen vor dem Dorf im Garten gewesen war, wurde ebenfalls von den Fluten ergriffen und sah plötzlich die Bäume und Hügel verdeckt von einer riesigen Woge, die sie aufhob und ins offene Meer warf. Sie blieb erstaunlich ruhig, ließ sich tragen, schnappte in günstigen Momenten nach Luft und wunderte sich, wie tief und schwarz der Himmel über ihr hing. Und plötzlich war da neben ihr ein Boot, das herumwirbelte wie eine Nussschale. Aber der Fischer darin griff nach ihr, als sich das Wasser vor ihm wie eine Wand aufbäumte und entriss sie der Welle. Nun lagen sie, ineinander verklammert, in dem tanzenden schlingernden Boot, halb bewusstlos und doch mit doppelt geschärften Sinnen und erlebten sich gegenseitig als einzigen Halt in einer bodenlosen, bewegten Hölle in Grau und Nass. Nach einer gewissen Zeit, die wie eine Ewigkeit schien, spie das Meer sie wieder aus. Das Boot strandete ganz nahe bei dem Ort, wo einst die Hütte des Fischers gestanden hatte.

Eela half ihm, eine neue Hütte zu bauen. Eela diente ihm. Eela sorgte für ihn. Denn Eela gehörte ihm. Er hatte ihr das Leben gerettet und damit war sie sein Eigentum. Das war das Gesetz. Und Eela unterwarf sich diesem Gesetz und ihrem neuen Herrn, gehorsam und freiwillig, wie sie sich zuvor dem alten Priester unterzogen hatte. Und der Fischer war gut zu ihr und liebte sie, und sie diente ihm mit all ihren besonderen Kräften und Fähigkeiten.

5

Falkner spielte Schach. Gegen sich selber. Brummend attackierte er die schwarze Königin. Kühn legte er Diagonalen über das Brett. Es gelang ihm, sich zu besiegen. Aber Freude machte es ihm nicht.

Falkner war verwirrt. Seit Tagen hatte er nicht mehr geschrieben. Und zwar, weil er nicht mehr weiter wusste. Seine kleine, erfundene Welt war ihm unheimlich geworden. Doch es waren nicht die Ereignisse und die Personen, die ihn beunruhigten, sondern die Gefühle, die diese in ihm auslösten. Hatte er nicht beschlossen, damals, als er aus der langen Abwesenheit seiner großen Verwirrung erwachte, keine Gefühle mehr zu haben? Hatte er nicht eines Tages – war es eigentlich ein Traum gewesen? – seine Gefühle wie ein Bündel getrockneter Felle einem imaginären Gott vor die Füße geknallt, erschöpft vom Auf und Ab, vom Schrecken und der noch unerträglicheren Sehnsucht? Ja, nur noch Leere wollte er damals in sich haben.

Damals warf er alles, was in ihm war, fort, als ob es Abfall wäre. Die Regungen, Ahnungen und Gefühle, die einstmals wie geschmeidige Tiere auf weichen Tatzen durch seine inneren Dschungel geschlichen waren, wild ihren eigenen, seltsamen Gesetzen folgend, er mordete sie. Und übrig blieb nichts als ein trockenes Bündel, erdfarbig, zottig, steif, wahrscheinlich mottenzerfressen. Zur Verrottung freigegeben oder zu anderer Verwendung oder zu nichts. Er wollte nichts mehr damit zu schaffen haben. Davon war er jedenfalls überzeugt gewesen.

Und nun kamen diese merkwürdigen Geschichten und Leute in seinen Kopf und fesselten ihn wider seinen Willen. Hatte er nicht gezittert, als er die Geschichte von Eela tippte? Dabei fand er dieses Aufgefischtwerden aus einer Sturmflut romantisch und überrissen. Und dann diese Idee mit der Sklaverei! Er hatte doch ein Paradies erfinden wollen. Und dazu gehörte nun einmal Freiheit, Gleichheit und Brüderlichkeit! Hinter die Errungenschaften der Französischen Revolution wollte Falkner nun wirklich nicht zurückgehen. Doch was hatte er in seine Geschichte eingeführt: eine Außenseiterin, eine Leibeigene, die alles zu dulden schien. Er hasste ihre sanfte Rothaarigkeit, die alles hinnahm und alles akzeptierte. Und dann dieses Baby! Wie intensiv und intelligent war sein Blick gewesen. Dabei hatte er sein ganzes Leben nichts so sehr gehasst wie Kindergeschrei!

Falkner knurrte übellaunig. Etwas stimmte nicht mit ihm. Etwas war anders als sonst. Hatte er am Ende eine Altersdepression? Und dieses karierte Schachbrett, mit seinen engen Grenzen und den immer gleichen Figuren, die immer nur das Gleiche taten und ihn in ihrer Leblosigkeit so total in Beschlag nahmen, was wollte er eigentlich damit?

Er schlurfte in die Küche und goss sich einen großen Whisky ein. Das würde ihn vorerst einmal erleichtern. Er spürte ihn durch seine Kehle rinnen und einen heißen Kanal seinen Leib hinunter zeichnen. Das Brennen war angenehm lebendig und so anders als sein übriger Leib, der sich spröde wie ein trockener Sandkuchen anfühlte. "Mein Gott, ich bin alt", seufzte er. Es ging ihm wirklich nicht gut.

Langsam machte sich der Alkohol in seinem Körper breit. Wärme und Entspannung durchfluteten ihn in Wellen. 'Ein Inselgefühl', dachte er voller Wohlbehagen. Und kehrte gleichsam versuchsweise, mit ein paar vorsichtig tastenden Gedanken, in seine kleine Welt zurück. Er sah Roa mit dem Baby, wie sie es säugte und mit ihm spielte. Dann tauchte ein Bild des Häuptlings auf, der das Kind in seinen starken und schön geformten Armen hielt und sein Herz im Einklang mit dem seines Sohnes schlagen ließ. Und wie in einem Film sah er die Frauen des Dorfes mit ihren Kindern, wie sie zum Schwatzen herbeikamen oder wie sie gebückt in ihren Gärten hackten. Aber er verwarf wütend alle diese Bilder und Vorstellungen.

Ein Blick aus dem Fenster, auf Verkehr und Hasten, brachte ihn in die alltägliche Welt zurück. Aber nicht für lange. Plötzlich schoben sich vor seine Augen gelbe Ginsterbüsche. Er hörte ihre trockenen Zweige im Wind rascheln und ihm war fast, als ob ihm Ginsterduft in die Nase stiege. Er war auf einem mit Gestrüpp bewachsenen Hügel am Meer und beobachtete die Fischerhütte, die unter ihm am Strand lag. Klein wirkte sie, elend, und wenig solide. Jeder Windstoß könnte sich in den Bambusstangen und Palmwedeln verfangen und die Konstruktion auseinander reißen. Falkner war dabei, sich zu überlegen, wie man dem Abhilfe schaffen könnte, als seine Aufmerksamkeit von einer Bewegung abgelenkt wurde. Er sah einen kleinen, etwa zwölfjährigen Jungen den schmalen Pfad zum Meer hinuntergehen. Er trug in seiner Hand ein Tuch, in dem ein paar Früchte eingewickelt waren.

Eela kam aus der Hütte. "Ra-hul", sagte sie, "was bringt Dich hierher?"

"Meine Mutter schickt Dir das", sagte er und streckte ihr die Früchte entgegen.

"Oh, das ist lieb von ihr. Möchtest Du etwas trinken Ra-hul?"

"Nein, ich möchte lieber eine Geschichte hören."

"Schon wieder", lachte Eela. "Also komm, setz Dich."

Und sie gingen zu dem Schattendach, wo Eela sich setzte und an einem Netz zu knüpfen anfing. Ihre Hände bewegten sich sorgfältig und flink, während sie mit ihrer warmen und rauen Stimme zu erzählen begann.

"Immer wieder hatte die Mutter zum kleinen Gelo ge-

sagt: 'Geh nicht weiter als bis hier hin! Und sie hatte ihm einen großen Baum im Wald gezeigt. Ein riesiger, dicker Baum war das, und Gelo kannte ihn sehr genau. 'Man weiß nicht, was weiter hinten ist', hatte die Mutter gesagt, 'nur sehr starke und sehr mutige Männer gehen dahin und Du bist noch zu klein. Und als Gelo wissen wollte, was denn so gefährlich sein könne weiter drinnen im Wald, da hatte sie dumpf hinzugefügt: 'Es gibt große Tiere und Geister und andere Dinge, von denen man besser nichts weiß.

Aber Gelo war ein frecher, kleiner Junge wie Du und so ließ ihm der Wald keine Ruhe. Es sah doch alles ganz ähnlich aus hinter dem Baum, vielleicht war da gar nichts oder vielleicht gab es herrliche Früchte oder andere interessante Dinge?

Gelo ging oft bis zum Baum, stand davor und guckte in das verbotene Gebiet, das ihm geheimnisvoll und wunderbar schien. Es war, als ob es ihn riefe! Und Gelo brauchte seine ganze Kraft um diesem Ruf nicht einfach zu folgen und in den grünen Wald zu rennen. Doch eines Tages hatte er eine Idee: 'Das nächste Mal gehe ich nicht zum Baum', dachte er schlau, 'ich gehe ganz einfach nicht zum Baum. Wenn ich anderswo in den Wald gehe, wo ich den Baum gar nicht antreffe, dann muss ich nicht anhalten. Dann habe ich gehorcht und kann trotzdem weiter in den Wald gehen.

Und natürlich ging es gar nicht lange, bis Gelo seinen Entschluss ausführte. In einem weiten Bogen ging er diesmal ums Dorf herum und dem Waldrand entlang. Und weit weg, wo ihn niemand sehen konnte, betrat er den Wald.

Es schien alles zu sein wie immer, und so ging er vorwärts und weiter. Er sah die gleichen Ameisen wie auf seinem gewohnten Weg, er sah Farnkräuter und Blüten, die er sehr wohl kannte, auch einmal einen farbigen Frosch. Vögel hüpften auf den Zweigen und schienen ihn nicht einmal zu bemerken. Der Wald war friedlich fast und geräuschlos.

Und so ging Gelo weiter und weiter bis er schließlich müde und immer müder wurde. Auch Hunger meldete sich langsam in seinem Bauch. Er sah sich nach Beeren um, aber er konnte nichts Essbares sehen. Schließlich kehrte er um und wollte zurück. Aber nun rächte es sich, dass er neue Wege beschritten hatte: Er wusste nicht mehr, woher er gekommen war. Alles wucherte grün: Stämme, Farne, Büsche, Blüten. Alles sah gleich aus, und Gelo wusste nicht mehr, in welcher Richtung das Dorf lag. Müde setzte er sich unter einen Baum und kuschelte sich in die Wurzeln, die ihn hielten wie runde Arme. Er wollte eben einschlafen, als er unmittelbar neben seinem Baum einen kleinen Busch mit unscheinbaren Beeren sah. Er kannte sie nicht, aber er konnte nicht widerstehen und aß gierig von ihnen. Und es dauerte nicht lange und er fühlte eine neue und seltsame Kraft in sich. Er stand auf und ging weiter. Nun suchte er seinen Heimweg. Aber noch immer war alles dicht grün um ihn herum und er wusste noch immer nicht, wohin er sich wenden sollte. Da zog etwas, das gerade vor ihm lag, seinen Blick auf sich. Gelo ging darauf zu. Es war etwas wie eine helle Wolke, die da zwischen den Büschen hing. Etwas war seltsam an ihr, sie schien ihn fast zu rufen. Gelo stürmte immer schneller auf sie zu. Er hatte keine Wahl, er fühlte sich wie an einem Strick gezogen. Aber er fürchtete sich nicht. Er trat ohne Angst sogar mitten in die Wolke hinein. Aber das war eine Falle: Er fiel in ein tiefes Loch.

Glücklicherweise hatte er sich nicht weh getan. So saß er nun einfach da und wunderte sich über das, was ihm geschehen war. Nach einer Weile stand er auf und untersuchte die Wände des Loches. Er versuchte, hochzuklettern um sich zu befreien. Aber die Wände waren so glatt wie ein Topf. Gelo war wie in einem großen Topf gefangen.

Nun fühlte er eine riesige Angst. Er wollte schreien, um

Hilfe rufen und aufbegehren. Aber bald sagte er sich, dass das jetzt alles nichts nütze. Er setzte sich wieder und wurde ganz still. 'Warte ab, was geschieht, warte ab', sagte er sich, 'vielleicht ist es ein freundlicher Ort und ich werde gerettet werden.

Gelo saß und wartete, und die Zeit wurde ihm lang. Aber immer noch war die Kraft der Beeren in ihm, so dass er geduldig und ruhig blieb. Endlich, nach einer langen Zeit, schien er etwas zu hören: Ein tiefes, tiefes Brummen traf sein Ohr. Es war ein ganz regelmäßiges Brummen, nicht wie von einem Tier, das mal raschelt, mal schnauft, mal herumtappt und eben auch mal brummt. Gelo dachte sich sofort, dass dies Geister waren. Und nun spürte er, dass die Wände seines Gefängnisses leicht zitterten, als ob sie das große Brummen aufnähmen und mit ihm schwängen. Oder waren es gar die Wände, die brummten?

Und dann erlebte Gelo ein Wunder. Plötzlich fingen die Wände an, zu leuchten und wurden golden. Eine Schicht von purem Gold bildete sich, und Gelo sah, dass dieses Gold aus dem Nichts entstand, das über ihm in der Leere zwischen den Wänden hing. Das tiefe Brummen der Wände löste das Gold, das unsichtbar im Nichts gefangen war. Und Gelo wusste, dass er an einem heiligen Ort war."

"Oh, und konnte er von dem Gold nehmen?" fragte Rahul begierig.

"Er hat es nicht einmal versucht", antwortete Eela und blickte mit weiten Augen auf die Linie, wo Himmel und Meer ineinander verschwammen.

"Und wie kam er dann wieder nach Hause?", fuhr der Junge neugierig fort.

"Er hat es mir nicht gesagt. Aber er kam zurück um mir seine Geschichte zu erzählen."

"Oh Eela, Du weißt schöne Geschichten. Ich liebe Dich. Bitte erzähle mir noch, wie Du damals im Meer geschwommen und fast ertrunken und gestorben bist."

"Jetzt nicht mehr, Ra-hul. Ein anderes Mal. Das habe ich Dir doch schon so oft erzählt."

"Aber dann musst Du mir Dein Lied singen, wenigstens Dein Lied, Eela!" Und er sah sie so bittend und erwartungsvoll an, dass sie lächelte und zu singen anfing. Sie hatte eine ganz eigentümliche Stimme, die in Falkner, der die beiden immer noch vom Hügel her beobachtete, etwas ganz Tiefes berührte. Er fühlte einen Druck in sich, der seine Luftröhre emporkletterte und sich in seiner Kehle ballte. Nur mit Mühe unterdrückte er einen Schluchzer.

"Auf meinem Absturz
ins Grenzenlose
klammerte ich mich an Dich
Vater Lehrer Bruder Geliebter

Aber Mensch bist Du
zu schwach
Halt zu bieten

Ich lasse mich fallen
und fühle
dass es mich trägt

Wie eine warme Woge
im Ozean der Unendlichkeit
wiegt mich das Grenzenlose

So treibe ich und hoffe
dass mein Geschick
auch diesmal wieder
mich an irgend ein Ufer trägt."

6

Nun zog es Falkner förmlich an seine Tastatur. Zu sehr war er gespannt auf Eelas Geschichte, die von irgendwo aus seinem Innern aufsteigen würde um Wort für Wort auf seinem Bildschirm zu erscheinen, getippt von seinen Fingern, die kaum wussten, was sie taten. Am nächsten Morgen, kaum hatte er seinen Tee aufgegossen, setzte er sich an den Computer und fing zu schreiben an, sich immer wieder unterbrechend und eine tiefen Schluck aus seiner Tasse nehmend.

Ra-hul saß erwartungsvoll vor Eela. Diesmal hatte er ihr einen Fisch mitgebracht, den er selber gefangen hatte, und der so frisch war, dass er in ineinander laufenden Blau- und Grautönen schimmerte wie der Himmel über dem Schattendach. Das Meer war ruhig und das Geräusch der Wellen leise und regelmäßig. Der Fisch lag auf einem großen, grünen Blatt auf dem Sand, und Eelas Blick verlor sich im ungetrübten Schwarz seines großen glänzenden Auges.

"Aber diesmal erzählst Du mir Deine Geschichte", drängte Ra-hul und unterbrach ihre Versenkung.

Eela lächelte, zuckte die Schultern und fing mit einer behutsamen Stimme zu sprechen an.

"Die Flutwelle hatte uns alle überrascht. Ich war ein Stück weit im Innern der Insel, im Palmengarten meines Lehrers, aber sie erreichte mich auch dort. Es ging alles so schnell, dass ich nicht einmal daran dachte, mich irgendwo festzuhalten. So erfasste mich das Wasser und ich wurde ohnmächtig.

Als ich wieder zu mir kam, schwamm ich in Grau und Schwarz und in wilder Bewegung. Um mich herum schwammen Palmen und Hölzer. Das Meer tobte, aber merkwürdigerweise war es in mir ganz still. Ich ließ mich treiben wie ein Stück Holz und wahrscheinlich bin ich da-

rum nicht ertrunken, weil ich mich ruhig hielt. Ich war gleichzeitig in den Fluten und gleichzeitig schwebte ich über dem Meer. Von oben beobachtete ich meinen dahintreibenden Körper ohne jede Furcht. Dann war ich wieder im Wasser und spürte, wie ich herumgeworfen wurde. So wechselte meine Sicht. Und dann war da plötzlich über mir ein sehr helles Licht und ich wusste: Das ist der Ort der Kraft. Es war wie eine Verlockung und Verheißung. Denn ich sah auch gleichzeitig, dass ich ganz und gar im Schwarzen war. Aber dann bildete diese Schwärze so etwas wie eine Blase um mich, eine schwarze Blase, die in allen Farben schillerte und die kristallhart war. Und ich war in dieser Blase eingeschlossen. Sie bot mir Schutz. In ihr herrschte Frieden. Aber ich wusste, ich musste hinaus. Und so nahm ich all meine Kraft zusammen. Ich zerbrach die Blase. Damit löste ich eine riesige, lautlose Explosion aus: Unglaubliche Mengen von Kraft in Form von durchsichtiger Dunkelheit fingen an, sich auszubreiten. Und ich spürte, dass diese Dunkelheit das Gegenstück zum Licht des hellen Kraftorts war. Und ich wusste, dass ich das Zentrum dieser dunklen Kraft war und mit ihr eine neue Welt erschuf."

Sie sprach wie in Trance und Ra-hul hörte ihr unbeweglich und wie verzaubert zu.

> *"Immer wieder breite*
> *ich mich aus*
> *und wieder und wieder*
> *schaffe ich die Welt*
> *mit einem Ufer*
> *auf dem ich wandern kann..."*

Stille herrschte, nur die Wellen liefen den Sandstrand hinauf und übergossen ihn mit flüsterndem Rieseln.

"Und in dem Moment kam der Fischer und rettete mich", fuhr Eela, weiterhin versunken, fort und endete.

Ra-hul hatte diese Geschichte schon viele Male gehört und jedes Mal erlag er wieder ihrem sonderbaren Zauber. Und so saß er auch jetzt wie versteinert da und konnte sich nicht entscheiden, in die Welt des Sandes und der Sonne und des Meers zurückzukehren.

"Eela", sagte er schließlich, so heiser, dass er kaum zu hören war, "ich möchte an Deiner Brust liegen."

"Dann komm", erwiderte sie weich. Und sie nahm ihn in die Arme, wie ein kleines Kind und er drückte sein Gesicht in ihre weichen Rundungen, kuschelte sich hinein, suchte mit seiner Nase Platz in der Vertiefung zwischen den Brüsten und blieb, langsam und tief atmend, still liegen.

Eela streichelte zart seinen Kopf und seinen Rücken. Und er drückte sich noch fester an sie. Dann fuhr sie über sein festes, kleines Gesäß und knetete leicht seine straffen, aber noch weichen Schenkel.

"Herrliches Fleisch hast Du", lachte sie sanft, "ich werde Dich gleich aufessen."

Ra-hul stöhnte leise auf.

Eela streichelte ihn weiter und fuhr dann mit ihrer Hand nach oben, sanft Zentimeter um Zentimeter seiner Haut massierend und griff schließlich zwischen seine Schenkel, wo sein kleiner Mann stand, und umfasste ihn sanft und zärtlich und glitt spielerisch wieder von ihm weg.

Aber Ra-hul, noch leiser und heiserer als zuvor, flüsterte: "Eela, ich möchte mit Dir schlafen."

Und Eela zog, mit unbewegtem Gesicht und ohne ein Wort zu sagen, an ihrem Gürtel und legte sich zurück. Und nun lag der braune Knabe auf ihrem schneeweißen, weichen Fleisch, zusammengekrümmt wie ein kleines Tier, und ihr rotes Haar breitete sich unter ihrem Kopf aus wie ein weiches Kissen. Das Knabenkind lag eine Weile wie schlafend auf ihr und fing dann unsicher an, sich zu bewegen. Schnell aber steigerte sich die Bewegung und wurde wild und atemlos und suchte gierig nach Lust.

Eela lag wie unbeteiligt und ließ ihn eine Weile gewähren, immer seinen Kopf und seinen Rücken mit ruhigen Bewegungen streichelnd. Dann aber übernahm sie plötzlich die Führung, umfasste ihn mit starken Armen und zeigte ihm mit leichtem Druck auf seine schmalen Hüften den Rhythmus ihres Atems. Zart wiegte sie ihn auf der Bewegung ihres Körpers und lehrte ihn so, im Einklang mit der ältesten Harmonie der Welt zu schwimmen, auf der Woge der Wogen, die über alles hinaus schlägt.

Ra-hul schluchzte vor Aufregung, Glück und Erleichterung, als er zum Ende kam und sie hielt ihn fest an ihre Brust gedrückt, wieder wie ein Kind. Und als er sich ein wenig beruhigt hatte, fragte sie: "War es das erste Mal?"

Und als er nickte, setzte sie ihr Streicheln fort und begann ein Lied zu summen, ohne Worte und ohne Sinn, aber es vibrierte in der Luft und gab dem Augenblick eine Qualität, die Ra-hul niemals mehr wiederfinden würde.

"Nun bist Du ein Mann, Ra-hul", sagte Eela. "Jetzt kannst Du nicht mehr zu mir kommen um Kindergeschichten zu hören. Jetzt ist dein Platz bei den Männern im Wald."

Und Ra-hul wusste, dass sie Recht hatte. Und in ihm stritten sich die Freude über das Geschehene und die Trauer darüber, dass er nun auf Eelas weiche Gegenwart verzichten müsse. Er umarmte sie noch einmal zärtlich und sagte: "Ich werde Dir aber trotzdem Geschenke bringen", und ging von ihr weg, den kleinen Pfad hinauf in die Dünen. Und Falkner, der sein Gesicht beobachtete, glaubte, sich selbst als Junge zu sehen, erwartungsvoll und verloren zugleich. Als Ra-hul in den Büschen verschwunden war, war auch Eela nicht mehr am Strand zu sehen.

Der Tee war kalt geworden. Große, schwarze Flecken schwammen auf der Oberfläche seiner Tasse. Falkner war über sich selber erschrocken. 'Mein Gott', dachte er, 'wie gut, dass das niemand zu Gesicht bekommt. Das ist ja pervers. Ein Knabe und eine Frau. Die Geschichte erschütterte ihn, aber gleichzeitig bemerkte er mit wachsendem Erstaunen, dass er eigentlich gar nicht wirklich schockiert war. Je länger er die Szene vor seinen Augen sah, desto mehr empfand er Ehrfurcht und Schönheit. Und als er dann, missmutig über die Bitterkeit des kalten Tees, die nächste Tasse geschlürft hatte, erinnerte er sich plötzlich an seine erste Lehrerin. Sie hatte herrliche Brüste gehabt. Und nun fiel ihm wieder ein, wie sehr er sich danach gesehnt hatte, diese zu berühren und sein Gesicht in ihnen zu vergraben. Und er tat sich fast ein bisschen leid, dass er nicht Ra-hul war und nie der schönen, rothaarigen Eela begegnen würde.

Er speicherte sorgfältig, was er geschrieben hatte, und beschloss, ins Kaffeehaus zu gehen, obwohl es bereits gegen Mittag ging. Sein Fahrplan war in diesen Tagen und Wochen ohnehin durcheinander geraten, und darum beschloss er, sich einmal ein richtiges Mittagessen zu gönnen.

Die Kellnerin erstarrte für einen Moment, als er zu dieser ungewohnten Zeit hereinkam, nickte ihm dann aber freundlich und entschuldigend zu. Sein Stammplatz war nämlich besetzt, und er musste sich an den Tisch gleich neben dem Zeitungsständer setzen, wo ein ewiges Hin und Her von zeitungsdurchsuchenden Gästen drohte.

Falkner ließ sich nieder und studierte die langweilige Speisekarte. Sollte es Rindsgulasch mit Kartoffeln sein oder Spaghetti bolognese? Ein Salatteller schied aus, er wollte etwas Warmes, wenn er sich schon einmal nicht darauf beschränkte, zu Hause ein Stück Brot und ein Stück Käse direkt aus dem Kühlschrank und aus dem Papier zu essen.

"Wir haben heute auch gebratene Forellenfilets", sagte die Kellnerin, "als Teller 14.50 mit Salat und Reis."

Dabei blickte sie Falkner mit einem merkwürdigen, grauen Blick an, forschend, als ob sie in seinem Gesicht ablesen wollte, was ihn zu dieser ungewohnten Zeit herführte.

Falkner stimmte zu und bestellte außerdem ein Viertel Weißwein, was sorgfältig notiert wurde.

Die Kellnerin ging zur Kasse und Falkner betrachtete ihre Waden, die eigentlich erstaunlich schön geschwungen waren. Er merkte, dass er sie mit Eela verglich, obwohl das natürlich ein Ding der Unmöglichkeit war: Eela war jung, keine Dreißig, und die Kellnerin war – nein, alt war sie nicht – aber ein grauer Schleier von Schwermut und Resignation lag über ihr, den sie auch mit tüchtiger Besorgtheit und professioneller Freundlichkeit nicht überspielen konnte. Sie war eine Frau wie Eela, sie hatte eine hübsche Figur und schön geschwungene Waden, sie war ruhig und freundlich, aber es schien ihr an Leben zu fehlen, an Tiefe, an Relief.

Falkner begann sich zu fragen, wie er wohl auf sie wirkte, eine Frage, die er sich in seinem ganzen Leben noch niemals gestellt hatte. Er war immer er gewesen, der gescheite, vorlaute, unkonventionelle Falkner, und er war überzeugt davon, dass alle Menschen, die ihn interessieren konnten, ihn auch als interessant und gescheit akzeptierten. Kollegen beneideten ihn, Vorgesetzte hofierten ihn und seine untergebenen Mitarbeiter liebten ihn, weil er sie als seinesgleichen und kumpelhaft freundlich behandelte. Und Frauen? Frauen hatten zwar immer wieder seinen Weg gekreuzt, mit einer war er sogar ein paar Jahre verheiratet gewesen, aber eigentlich hatte er sie kaum wahrgenommen, das wurde ihm in diesem Moment bewusst. Er hatte sich nie gefragt, wie sie ihn wohl erlebt hatten.

Diese plötzliche Erkenntnis fuhr wie ein kalter Blitz durch Falkners Körper, als er nun zuschaute, wie die Kellnerin seine Bestellung in die Kasse tippte und den

Kassenzettel durch die Durchreiche in die Küche schob.. So flach und grau wie diese Kellnerin waren alle Frauen in seiner Erinnerung, auch die schöne blonde Ulla in Stockholm, Annette mit den stahlblauen Augen, den schwarzen Wimpern und den dunkelbraunen Löckchen, und Olga, seine Ex-Frau, an die zu denken ihn nun schmerzte, so dass er dieser Erinnerung schnell auswich. Eigentlich stand ihm die japanische Masseuse, deren Dienste er damals für ein Stündchen in Anspruch genommen hatte, deutlicher vor Augen, als die drei wichtigsten Frauen seines Lebens, vielleicht weil er an ihren Methoden interessiert gewesen war und wissen wollte, ob diese Dinge in Tokyo anders gehandhabt würden als in Paris.

Seine Einsicht beschämte Falkner. Er verfolgte die Kellnerin weiter mit konzentriertem Blick, als ob er mit seiner Aufmerksamkeit nun nachholen könnte, was er während seines ganzen Lebens versäumt hatte. Denn ganz tief in ihm dämmerte schmerzhaft die Furcht, dass in all den nichtbeachteten Frauen vielleicht die Zartheit und Weichheit von Eela zu finden gewesen wäre.

7

Falkner hatte ein neues Hobby: Er beobachtete Menschen. Es begann mit der Kellnerin im Café, von deren zurückhaltender Zuwendung er seit Monaten gelebt hatte ohne sich dessen bewusst zu sein. Er beobachtete sie, wie sie zwischen den Tischen hindurch glitt oder mit langsamen Bewegungen Kaffeetassen, Löffel, Zucker und Milch auf ovalen Tabletts anordnete. Wie sie in der Mittagszeit hektisch wurde, weil sie so viele Leute bedienen musste. Und wie sie ungeduldig in die Küche hinaus schrie, wenn auf einem Teller nicht die bestellte Speise lag. Sie war eine schlanke, nicht sehr kräftige Frau. Aber trotzdem war sie stark genug um den ganzen Tag hin und her zu gehen, Ladungen von Gläsern, Flaschen, Tellern und Tassen herumzutragen. Falkner sah zu, wie sie sich bückte, um den Geschirrspüler einzuräumen und wie sie sich streckte, um Kaffeebohnen in die Mühle zu füllen. Und das machte sie Tag für Tag, sechs Tage in der Woche. Am Sonntag war das kleine Café zu.

Falkner verglich die Frau in Gedanken mit den Frauen in seiner Geschichte. Irgendwie glichen sie sich, wie sie ihren Tätigkeiten nachgingen, ruhig und ergeben in ein Schicksal, das sie nicht einmal zu steuern versuchten. Aber während die honigfarbenen Frauen seiner Insel dabei in einer Wolke von Sanftmut und Zufriedenheit zu schwimmen schienen, drückte hier unsichtbar Gram auf die Schultern der Kellnerin und bildete eine graue Aura um sie herum, die vom Leben abschloss wie eine Glocke.

Eines Tages lud er sie in einem ruhigen Moment ein, mit ihm einen Kaffee zu trinken. Er wollte herausfinden, was es war, das ihr so zusetzte. Und tatsächlich stellte sich heraus, dass ihr Leben nicht leicht gewesen war. Schon nach kurzer Ehe war sie geschieden worden und hatte ihren Sohn praktisch allein durchbringen müssen. Dieser hatte ihr große Sorgen gemacht, weil er seine Lehre nicht zu Ende bringen wollte und dann den Einstieg ins Arbeitsleben nur schwer fand. Aber seit zwei Jahren hatte er nun eine Stelle, verdiente und lebte mit einer Freundin zusammen, so dass sie eigentlich froh und glücklich sein konnte, dass alles so gut lief. Aber trotzdem seufzte sie. Und Falkner verstand und sah, dass diesem Leben tatsächlich die Gerüche und Farben seiner Insel fehlten.

An einem anderen Tag setzte er sich in den Park und beobachtete die Mütter, die hier mit ihren Kindern spielten. Doch sofort wurde ihm klar, dass diese Mütter gar nicht spielten und eigentlich gar nicht vorhanden waren. Sie saßen auf ihren Bänken, hohl vor Müdigkeit, und hofften, sich von der Erschöpfung erholen zu können, in die sie die Langeweile ihres geordneten Lebens versetzte. Sie sprachen untereinander belanglose Worte, die eben so gut nicht hätten gesagt werden können. Und nur ganz selten, wenn eine sich durch die harmlos hingeworfenen Worte der anderen angegriffen fühlte, belebte sich für einen Augenblick die Atmosphäre durch ein kurzes und unscheinbares Geplänkel. Falkner verglich und sah vor seinem inneren Auge die Kinder der Insel, wie sie am Waldrand spielten, während ihre Mütter in den Gärten Zwiebeln steckten und rund um die Gemüse die Erde lockerten. Er beobachtete, wie sie die dunklen Köpfe zusammensteckten und eifrig Gespräche führten, die manchmal in komplizierte Spiele oder in kleine Händel mündeten. Dann balgten sie sich wie ein Rudel junger Hunde, warfen sich auf einen Haufen und schrien. Es setzte ein Reißen, Zerren und Schütteln ab, bis sie schließlich wieder zur Ruhe kamen. Die Mütter griffen nicht ein und verschwendeten höchstens einen unbeteiligten Blick auf das wilde Geschehen. In Falkners Insel-Dorf lebten die Kinder ein Kinderleben und die Mütter ein Mütterleben und die Männer ein Männerleben. Diese waren oft stundenlang vom Dorf abwesend, folgten dem Wild in den Wäldern oder fuhren mit ihren kleinen Kanus zum Fischfang hinaus, begleitet von den älteren Knaben wie Ra-hul. Drei unterschiedliche Lebensstränge gab es also im kleinen Dorf, die sich aber regelmäßig überkreuzten und ein wohl geordnetes Muster bildeten, in dem jeder seinen Platz hatte und kannte. Wenn sich die Menschen trafen, nahmen sie sich freundlich und uninteressiert zur Kenntnis. Stille wurde respektiert und ein Grußwort zeigte, dass man zum Kontakt bereit war.

Kontakte führten meistens zu Berührungen und freundlichen Gesten: Man reichte einander einen Trunk oder eine Frucht, man nahm die Kinder in den Arm, man streichelte die Rücken der Knaben und sehr oft legten sich Mann und Frau in den Schatten eines Busches und liebten sich, kaum vor den Blicken der andern verborgen.

'Gibt es in meinem Dorf eigentlich jemals eine Aufregung? fragte sich Falkner eines Nachmittags. Er saß im Kaffeehaus und hatte eben beobachtet, wie sich drei Männer über Tatsachen ereiferten, die sie in einer Zeitung gelesen hatten. Tatsachen, die wie die meisten Meldungen, wahrscheinlich unvollständig und damit halbwahr wiedergegeben waren. Einer meinte, es sei ein Skandal und der andere fand, es sei genau richtig. Und die beiden gerieten beinahe aneinander und klopften mit den Fäusten so fest auf den Tisch, dass die Gläser klirrten. 'Warum regen sie sich auf über Dinge, auf die sie keinen Einfluss haben? wunderte sich Falkner und verstand, dass die Menschen seiner kleinen Welt darum so friedlich waren, weil sie sich nur um das kümmerten, was sie wirklich betraf. Sie brauchten nur wenig und das Wenige konnten sie sich leicht beschaffen, so lange sich die Natur nicht gegen sie kehrte. Die Insulaner machten sich keine Sorgen darüber, dass dies früher schon geschehen war und wieder geschehen könnte. Sie wussten, dass sich die Natur nicht berechnen lässt. Also lebten sie in den Tag hinein und sparten Kummer und Sorgen für den Augenblick, der tatsächlich Besorgnis erregend sein würde.

Und dieser Augenblick kam, als Ra-hul erkrankte.

Falkner saß am Computer und hatte ohne viel zu denken, Sätze und Vorstellungen eingetippt. Er beobachtete die Dorfbewohner bei ihren täglichen Tätigkeiten und erfand auch ein paar feierliche Festtagsrituale. Er schlich mit den Männern durch den

dichten Dschungel und zitterte mit ihnen, ob es ihnen
gelänge, den prächtigen Hirsch mit dem großen Ge-
weih zu erlegen. Er sah Ra-hul, wie er sich an das Tier
heranschlich und sich als Treiber bewährte. Und er sah
ihn am Abend nach der Jagd, wo er sich auf der Düne
zwischen den Ginsterbüschen versteckte und nach Eela
schaute, die wie immer unter ihrem Dach saß und an
ihren Netzen knüpfte.

Und plötzlich sah er zwischen all den friedlichen Bildern Roa aufgeregt zwischen den Hütten hindurch
rennen. Sie hastete ans Meer hinunter, kletterte eilig
den Pfad zur Düne hinauf, hastete auf der anderen Seite hinunter und rief schon von weitem:

*"Eela, Eela, komm, Du musst kommen. Bitte komm
rasch."*

*Und als sie bei Eela anlangte, die sich nicht stören ließ
und ruhig unter dem Dach sitzen blieb, schrie sie aufgeregt:*

*"Ra-hul ist krank, Ra-hul ist ganz heiß. Bitte komm
und hilf uns!"*

*Und nun stand Eela ruhig auf, strich sich mit den
Händen den Umhang glatt und machte sich auf den Weg,
ohne sich umzusehen oder etwas mitzunehmen.*

*Ra-hul lag auf der Matte seiner Mutter und hatte offen-
sichtlich hohes Fieber. Seine Augen waren aufgerissen und
glänzten wie begeistert, auf irgend ein unsichtbares Ziel gerichtet, und rann ihm von der Stirn.*

*Eela kniete sich auf den Boden, ganz nahe neben Ra-
hul. Sie berührte seine Stirn, die glühte, fühlte sein Herz,
das hetzte, und legte ihm die Hand auf den Bauch, der
hart und gespannt war.*

*"Ra-hul", flüsterte sie sanft, " Kannst Du mich hören?"
Und sie sah in seine fiebrigen Augen, die sich nun auf sie
richteten und heller wurden, als er sie erkannte.*

*"Ra-hul", flüsterte sie, "hast Du Schmerzen?"
Er verneinte mit einer fast unmerklichen Bewegung des*

Kopfes. Und da wusste Eela, und eine tiefe Trauer erfasste sie, dass sie ihm nicht helfen konnte. Er war schon jenseits des Schmerzes und wollte nicht mehr leben.

Sie hörte, wie Roa den andern Frauen erklärte, dass Ra-hul sich seit zwei Tagen über Bauchschmerzen beklagt hatte und dass ihn nun plötzlich die Fieberhitze überfallen hätte. Und sie nahm Ra-huls Hand in ihre und streichelte sie sanft. Dann stand sie auf und stand wie versteinert vor den Frauen, die vor ihr zurückwichen und sie zu fürchten schienen. Sie sagte mit harter, fast tonloser Stimme:

"Ich kann nichts tun. Ich habe nicht die richtige Kraft um dies zu heilen."

Und die Frauen begannen aufgeregt durcheinander zu schwatzen und zu klagen, während Eela einsam von der Versammlung wegging.

Und Falkner, Falkner, der dieses Kind nie gewollt hatte, der sich überlegt hatte, ob er es aus dem Mutterleib entlassen sollte, er, der Erfinder und Schöpfer dieses Knaben, der nun mit verklärtem Blick dalag und sterben wollte, Falkner beging eine Verzweiflungstat: Er erfand ein amerikanisches Hospital am Nordende der Insel.

Ein amerikanischer Stützpunkt könnte dort sein, dachte er sich aus. Hinter hohen Zäunen, weil internationale Abkommen zusicherten, dass die Kultur der Insulaner nicht gestört werden dürfe. In einem abgegrenzten Bezirk würden sie leben, die Amerikaner, an der Mündung des Flusses, ganz für sich, mit Unterkünften, Läden, Bars und Huren. Und einem Hospital, das für sie gedacht war, das aber auf Anfrage und aus humanitären Gründen den Insulanern offen stand.

Und hierher brachte der Häuptling und ein paar seiner Männer Ra-hul. Sie trugen ihn auf einer Bahre. Und um Zeit zu gewinnen, sah Falkner, kaum war der Trupp der Dichte der südlichen Wälder entronnen,

Straßen, auf denen sich ungehindert und schneller gehen ließ. Und schon gelangten sie an einen Außenposten, denn natürlich hatten die Amerikaner sich nicht ans Abkommen gehalten, und von dort fuhr ein Jeep den todkranken Knaben in kürzester Zeit ins Hospital.

Es war ein geplatzter Blinddarm und für den diensthabenden Arzt keine große Sache, weil der Junge zäh genug war um die Anästhesie zu überstehen und auf die Antibiotika bestens ansprach.

Und so wurde Ra-hul gerettet.

Aber Falkner wusste, dass er einen teuren Preis dafür bezahlen würde. Denn es war ihm klar, seine Dörfler würden nicht im Süden bleiben. Sie würden das Gehen auf flachen Straßen ausprobieren wollen. Sie würden im Jeep mitfahren wollen. Sie würden mit kindlicher Neugier alles ausprobieren, was jenseits des Waldes lag. Und sie würden die Weißen bewundern, die Ra-hul vom Tode gerettet hatten.

Und konnte man es dem wachhabenden Unteroffizier auf dem Außenposten verargen, dass er sich freute, als unter den Neugierigen zum ersten Mal auch Frauen auftauchten? Konnte sein Erstaunen erstaunen, als er diese Frauen als äußerst zutraulich um nicht zu sagen, ungehemmt, empfand? War es nicht unvermeidlich, dass ihre forschenden und freundlichen Berührungen seine Gier erweckten? Und war es nicht so, dass ihr freies, unschuldiges Betragen sogar seine Seele berührte, und dass echtes Gefühl durch ihn floss, als er nun Roas Honighaut berührte, über ihre Brüste fuhr und als sie lachte, sie an sich riss und in seine heiße Baracke hinein zog?

Roa würde stolz sein, als erste mit einem Weißen geschlafen zu haben. Und sie würde ihren Freundinnen erzählen, dass er äußerst merkwürdig verschlossen und übereilig über sie gekommen wäre. Sie hätte sich fast ein wenig gefürchtet, würde sie sagen, aber es hätte sich dann herausgestellt, dass es unnötig gewesen wäre. Er sei freundlich gewesen und hätte schließlich auch wieder gelächelt. Und er hätte ihr sogar etwas Fremdes, trotzdem aber Herrliches zu essen gegeben und ihr ein Geschenk gemacht. Und sie zeigte triumphierend eine Plastikflasche.

Die Männer, die Ra-hul getragen hatten, waren sogar noch weiter, bis hinter die Mauer des Stützpunktes, vorgedrungen. Dort glaubten sie sich in einem Märchenland, denn Boden und Häuser waren gepflastert. Es gab noch ein paar Rasenstücke, aber sonst war von der Insel nichts mehr sichtbar. Und statt der Pflanzen gab es nun diese herrlichen Häuser, mit durchsichtigen Fensterscheiben, hinter denen man sah, wie sich Leute bewegten. An den Türen glitzerten metallene Griffe und glänzend lackierte Autos fuhren selbsttätig durch das Wunderland. Die Leute, die darin saßen, trugen schneeweiße oder grellfarbige Kleider, wie sie keiner der Dörfler je gesehen hatte, deren Tücher nur selten mit Pflanzenwurzeln dunkelrot oder mattblau gefärbt wurden.

Es gab kaum Menschen, sie waren alle in den Häusern und versteckten sich vor der Sonne. Und auch die Männer aus dem Dorf wurden schnell in die klimatisierte Bar geführt. Dort erhielten sie etwas zu trinken, das ihnen nicht schmeckte und das sie stehen ließen. Trotzdem waren sie nachher alle leicht krank, weil ihnen der Temperaturunterschied zu schaffen machte.

Der Häuptling und die Männer waren erschlagen von all den neuen Eindrücken. Sie hatten bisher weder Mauern noch Beton noch Maschinen gekannt. Das gewöhnliche, durchsichtige Trinkglas war ein Wunder für sie. Die hellhäutigen Menschen flößten ihnen jedoch keine Furcht ein: Sie behandelten sie wie ihresgleichen, freundlich und selbstsicher. Und auch von den Amerikanern erfuhren sie nichts als Freundlichkeit.

Falkner atmete auf. Er hatte den Kulturschock seiner Leute gerade noch auf ein erträgliches Maß reduzieren können. Aber er machte sich keine Illusionen: Sein Paradies war im Eimer. Nun musste er sehen, wie er mit der gewöhnlichen Welt zu Gange käme. Traurig kehrte er in Gedanken ans andere Ende der Insel zurück und suchte Eela.

Sie stand am Meer, versunken in den Anblick der Dämmerung, in der sich die Farben mischten und in Grau verwandelten. Sie sang. Und ihr Lied klang schwermütig und so traurig, wie Falkner sich in diesem Augenblick fühlte. Es war das Lied ihres väterlichen Lehrers, das dieser sang, wenn er die Furcht in sich aufkeimen fühlte:

"Wann endlich, Geliebtes,
findest Du
Deine endgültige Form
und wirst so fest unter mir
dass ich mich
in Dir verankern kann
und meine Kraft
sich zur letzten Ruhe betten kann
in Dir."

Eine laute Welle löste sich aus dem Meer und fuhr mit Brodeln und Zischen vor Eelas Füße. Und als sie sich zurückzog, lag eine graurosa schillernde Meerschnecke im nassen Sand vor ihr. Eela hob sie auf und betrachtete die Schale aus der Nähe, besah sich ihre Oberfläche, die scharf gezogene Spirale und die perlmutterne Höhle, die den Blick nach innen zog. Glatt war sie, schimmernd wie weicher Stoff, zart wie Blütenblätter. Eela verstand, dass dies ein Angebot des Schutzes war, das ihr das Meer sandte. In diese Höhle würde sie sich zurückziehen können, wenn es

für sie zu schwierig würde in dieser sich wandelnden Welt.
Eela zog einen Faden aus ihrem Gewand. Sie band sich
die Meerschnecke um den Hals.

8

Seit Tagen hatte sich Falkner nicht mehr an seinen
Computer gesetzt. Das Schreiben war ihm verleidet,
seit er der Zivilisation die Tür geöffnet und sie in sein
Paradies hineingelassen hatte. Er wollte nicht beschreiben, wie sich Plastik, Alkohol und Habgier langsam
aber sicher auszubreiten begannen. Er wollte sich gar
nicht vorstellen, wie die friedlichen, ruhigen Menschen
seiner Insel plötzlich Aufregung und Neid kennenlern-
ten und wie die schönen, honigfarbenen Frauen ent-
deckten, dass sich mit Liebe Geld machen lässt. Es tat
ihm weh, zu wissen, dass der Häuptling, mit seinen
herrlichen, bronzefarbenen Muskeln, nun plötzlich sein
Ansehen verlor. Denn die Dörfler bauten sich, wenn
immer sie es sich leisten konnten, keine kunstvoll kon-
struierten Hütten mehr, sondern vorfabrizierte Holzba-
racken mit Wellblech-Dächern. Der Häuptling sah zu,
sagte nichts und verstummte immer mehr. Er zog sich
in sich zurück und wurde ruhig, weil er die Unruhe
nicht begriff, die plötzlich alle erfasst hatte. Und sich
dem aufgeregten Treiben anschließen, konnte und
mochte er nicht. Er baute sich eine Hütte, die letzte
seines Lebens, tief im Wald, und verschwand vom
Schauplatz des Geschehens. Im Dunkel des Dschungels sprach er seine alten Gebete und vollführte die
heiligen Rituale, bis er sie schließlich vergaß, so wie er
selber vergessen wurde.

Im Dorf eröffnete inzwischen Roa die erste, bescheidene Bar. Und wiederum kamen alle zu ihr, so wie sie
zu ihr gekommen waren, als sie des Häuptlings Frau

war. Doch nun regierte sie und ihre Flaschen. Und sie genoss ihren Reichtum und ihr Ansehen in vollen Zügen. Ra-hul sah ihrem Treiben eine Weile zu und ging danach in den Wald. Er lebte mit seinem Vater zusammen, deprimiert von dessen stummer Mutlosigkeit. Und eines Tages kam er nicht mehr von der Jagd zurück. Alle dachten, dass er im Dschungel umgekommen sei, Falkner aber hoffte, dass er sich irgendwo im Wald verborgen hatte und dort ein würdiges Einsiedlerleben führte. Aber auch mit diesem Gedanken wagte er nicht, sich wirklich auseinanderzusetzen. Er schob ihn weg, wie er jeden Gedanken an die Insel wegschob.

Denn diese Insel war nicht mehr seine Insel. Die Zivilisation war über sie hereingebrochen. Als die Insulaner anfingen, zu den Soldaten zu gehen, fingen die Soldaten an, zu den Insulanern zu kommen. Zuerst zogen sie einzeln, als Abenteurer, gegen Süden, durch den Dschungel ins Dorf. Und dann, als sich herumsprach, wie nett und zutraulich die Menschen in ihren Reservaten waren, kamen sie in Haufen. Zuerst staunten sie mit Zurückhaltung, doch je länger und je häufiger sie auftraten, desto unverschämter forderten sie das, was sie von zu Hause gewöhnt waren. Und das war: Coca-Cola, Alkohol und käufliche Liebe.

Es war nur eine Frage der Zeit, bis die Insel touristisch perfekt erschlossen wurde. Es war der Sohn eines Kommandanten, der in der Garnison auf der Insel aufgewachsen war, der das große Geschäft aufzog. Er studierte Architektur mit dem Ziel, ein vollständig neuartiges und Aufsehen erregendes Ferienparadies zu schaffen. Und selbstverständlich hatte er die notwendigen Geldgeber schnell zur Hand. Und so entstanden in der exotischen Landschaft exotische Gebäude, mit Palmen und Flamingos im Speisesaal, mit Teichen in Restaurants und kleinen Wasserfällen in der Bar. Der Swimming-Pool lag unter mächtigen Urwaldriesen und ließ mit seinem strahlenden Türkisblau ihr sattes Dunkelgrün verblassen. Und ein Naturpfad führte die Gäste in den Dschungel, wo Schilder auf Tiere und Pflanzen hinwiesen, die entweder lebendig zu besichtigen waren oder, falls sie schon ausgerottet waren, sich in einer täuschend echten Nachahmung aus Kunststoff präsentierten. Die Insulaner aber kamen in ihren Festtags-Tüchern, die sie nicht mehr trugen, seit es Jeans und T-Shirts gab, und tanzten und sangen für die Gäste. Und eigentlich waren alle zufrieden, wie sich Falkner mit Scham eingestand.

Er war böse. Er war wütend auf sich und schalt sich. Seine verfluchte Sentimentalität war daran schuld, dass er Ra-hul nicht einfach an seinem geplatzten Blinddarm hatte sterben lassen. Unbedacht, aus einer wilden Gefühlsregung heraus, hatte er gehandelt. Einfach drauf los, ohne zu überlegen. Aber indem er den Knaben rettete, hatte er sein Paradies verdorben.

Doch ganz zuinnerst wusste Falkner, dass er mit Rahul den besten Teil von sich selber gerettet hatte.

Die Tage vergingen. Falkner wich dem Computer aus und verbrachte viel Zeit in der Stadt. Er beobachtete wach, was vor sich ging. Er sah alles mit neuen Augen, als ob er eben selber zum ersten Mal aus einem Dschungeldorf gekommen wäre: die wahnwitzige Flut herumfahrender Lastwagen, Straßenbahnen, Autos und Bussen, die hastenden Menschen, die Warenmengen in den Schaufenstern, das Glitzern und Glänzen der Dekorationen, die Frauen, wunderbar geschminkt oder grau und übermüdet, die Säufer und Junkies, und die Kinder mit den großen, verlorenen Augen, deren Blick im Nichts zu verschwimmen schien.

Falkners Welt war nicht mehr wie zuvor. Das galt auch, wenn er zu seinen Freunden zum Schachspielen ging. Entweder spielte er wilde Spiele von genialischer

Anlage und großer Gestik, mit denen er manchmal kläglich scheiterte, die er manchmal aber auch mit geradezu verblüffender Leichtigkeit gewann. Oder er schien trübsinnig und versunken. In seiner geistigen Abwesenheit war er dann nicht fähig, einzuschätzen, was er tat oder hätte tun sollen. Und damit verdarb er seinen Freunden die Freude am Spiel.

Mit seinen alten Routinen hatte Falkner auch seine Stabilität verloren. Er fühlte sich auf schwankendem Grund, hingerissen zwischen Neugierde und Enttäuschung, zwischen Wünschen und Resignation. Und die Gespräche mit der Kellnerin – er hatte sie an einem Abend sogar in eine Pizzeria eingeladen – halfen auch nicht weiter. Sie war genau so verunsichert wie er, reagierte ängstlich und verschlossen, als Falkners sie damals mit seiner Einladung aufschreckte.

Wochen, vielleicht Monate vergingen unfroh und ohne Veränderung. Falkner schlurfte wie eh und je durch die ihm vertrauten Straßen, an der immer gleichen Bäckerei mit den vier gleichen Sorten Kuchen vorbei, am Kiosk mit den lächelnden Titelmädchen und der behäbigen, dick-bebrillten Verkäuferin, am schmuddeligen Supermarkt, vor dem wie immer ein paar angebunden Hunde trübsinnig auf das Trottoir starrten. Sein Blick streifte die staubigen Auslagen vom Foto- und Optik-Geschäft und hätte nun eigentlich auf den Jeans-Shop treffen müssen, aber da war an diesem Morgen doch tatsächlich etwas Neues: ein Reisebüro. Und dieses warb im Schaufenster mit einem großen Bild, das Falkner direkt ins Herz traf: ein Meeresstrand, darüber ein weiter, tiefblauer Himmel und Palmen, genau wie er es von seiner Insel kannte.

Ohne viel zu überlegen ging er hinein. Das Geschäft war schmuck in Weiß und Rot gehalten und Bilder an der Wand versprachen eine Welt voll eitel Sonnenschein, ob in China, in Arizona oder in der zebragestreiften Serengeti. Das schwarzäugige Fräulein am Schalter gefiel Falkner ausnehmend gut und so ließ er sich von ihr, die ihn für alt und umständlich hielt, des langen und breiten die verschiedenen Angebote auf den verschiedenen Kontinenten erklären und beschreiben. Er hörte aufmerksam zu und fachte ihren Eifer mit gezielten Zwischenfragen an. Sie erzählte immer heller begeistert und Falkner war von ihrem Feuer so gerührt, dass er schließlich tatsächlich eine Reise buchte, ihren schönen, dunklen Augen zuliebe.

In vier Wochen würde er verreisen. Auf eine ferne, fremde Insel. Es schien ihm unwahrscheinlich und seltsam.

Falkner verfluchte sich in den kommenden Tagen, dass er sich auf dieses Abenteuer eingelassen hatte. Warum sollte er denn seinen gemütlichen, so angenehm gewohnten Winkel verlassen, in den er sich verkrochen hatte? Aber nun hatte er halt gebucht. Und so saß Falkner am Reisetag pünktlich um halb neun im Bus, der ihn auf den Flughafen bringen sollte. Die große, lederne Reisetasche lag neben ihm. Sie war leicht und eingebeult, denn er hatte so wenig eingepackt, wie wenn er nur für eine einzige Nacht unterwegs wäre. Dabei flog er um die halbe Welt.

Viele Jahre waren vergangen, seit Falkner zum letzten Mal geflogen war. Nun verblüfften ihn die erweiterten Flughafengebäude, die weitläufigen Korridore mit den vielen, verschiedenen Gates. Vor allem wunderte er sich über die Menschenmassen, die sich durch die Anlagen wälzten. Es war, als ob die ganze Bevölkerung unterwegs nach irgendwohin wäre. Von allen Seiten strömten sie wild durcheinander um schließlich geduldig zusammengepfercht wie Schafe in Scharen zu warten, bis sie endlich abgefertigt wurden.

Falkner klebte in seinem Schalenstuhl und wartete. Er beobachtete die Familien, die bereits in sommerlichbunter Strandkleidung auf das Flugzeug warteten, die Väter irritiert, dass sie für einmal ihren fragenden Sprösslingen nicht ausweichen konnten, die Mütter erschöpft und befriedigt, dass sie alle und alles rechtzeitig am Flughafen versammelt hatten, die Kinder aufgeregt und nonchalant, auf den breiten Fenstersimsen herumrutschend. Junge Liebespaare saßen Hand in Hand, jeder mit seinem Knopf im Ohr in eine andere Musikwelt versunken, während zwei, drei nervöse Geschäftsherren im Anzug – eine höchst sonderbare Gattung unter dem Ferienvolk – angewidert vom Lärm der Umgebung, in ihren Akten blätterten. Eine wunderschöne junge Frau mit Lianenhaar und kastanienbraunen Kugelaugen saß wie versteinert, schaute weder nach links noch rechts und kaute heftig auf ihrem Gummi herum, während von Zeit zu Zeit eine uniformierte Frauensperson mit wichtigem Blick zwischen den Stuhlreihen hindurch schritt.

Dann endlich war es so weit: Sie wurden aufgerufen und zäh wie eine klebrige Fleischmasse in das große Flugzeug abgefüllt. Falkner überließ seinen Fensterplatz einem kleinen Mädchen und kam so an den Gang zu sitzen. Wieder verfluchte er sich, dass er so unklug gewesen war, dieses Abenteuer auf sich zu nehmen. Er blätterte missmutig in der Bordzeitung, beobachtete die grotesken Gesten der Hostessen, die die Schwimmwesten vorführten und beschloss, zu schlafen. Es gelang ihm erstaunlich gut, wenn man von den Unterbrechungen absah, die durch Getränke- und Essensservice ausgelöst wurden. Die Fluggesellschaft, darum bemüht, den Ferienleuten durch vielerlei Beschäftigungen die Flugzeit zu verkürzen, beschnitt damit auch Falkners Schlaf. Dieser begnügte sich mit einer großen Flasche Mineralwasser und einem Whisky alle zwei Stunden. Der Flug war ruhig. Es wurde dunkel und wieder hell. Falkners Körper begann langsam zu rebellieren. Er

fühlte sich gerädert. Missmutig starrte er auf die beharr-
liche, sich ständig ändernde Schlange vor dem Klo und
wünschte sich weit, weit weg.

Doch schließlich kamen sie an. Langsam und klebrig
schob sich die Masse aus dem Flugzeug und wurde auf
der Piste von einem wilden Wind ergriffen, der durch
alles hindurchfuhr und die mühsame Reise-Ver-
gangenheit hinwegzufegen schien. Falkner sah nach
den runden Hügeln. Kugelige Palmenschöpfe wiegten
sich im Windstrom. Er schnupperte den fremdartigen
Duft, der sich mit dem Abgas des Flugzeugs mischte
und er vergaß alles um sich. Falkner genoss es, angekommen zu sein.

Die honigbraunen Zöllner hingen träge hinter ihren
Tischen und strahlten eine Ruhe aus, die Falkner angenehm berührte. Fast war ihm, als ob er schon mehr-
mals hier gewesen wäre und sie kennen würde. Sie
waren an seiner leichten, eingebeulten Tasche überhaupt nicht interessiert und so stand er, kaum war er
gelandet, vor dem Flughafengebäude.

Hier, zwischen verschiedenen Hallen und Baracken,
stand die Luft still und war kochend heiß. Augenblicklich begann der Schweiß aus den Achselhöhlen zu rinnen. Und der wilde Verkehr von hupenden Taxis,
überfüllten Kleinbussen und schreienden Rikschafah-
rern füllte den Raum und ließ kaum Luft zum Atmen.
Falkner war erschlagen vom Unterschied zwischen der
Frische auf dem Rollfeld und der Enge, durch die er
sich nun hindurch schlug, auf der Suche nach dem Ho-
telbus, der versprochenerweise irgendwo hier stehen
musste.

Tatsächlich, da war er. Und außer einem angegrauten
Paar war er der einzige Fahrgast. Falkner genoss es, die
Beine ausstrecken zu können. Der Fahrer war freundlich aber scheu und sagte nicht viel. Und so fuhren sie
los, zuerst über gepflegte breite Asphaltstraßen und

danach über holprige Naturpisten, vorbei an großen Hotelkästen, an unendlichen Teppichsiedlungen von weißen Bungalows, an merkwürdig unstrukturierten Dörfern mit Bars und Tankstellen und Zeilen von aneinandergereihten Pizzerias und Restaurants. Schließlich versandete das Häusermeer und wurde von trockenen, wüstenartigen Flächen mit einzelnen großen Agaven und unbekannten Pflanzen abgelöst.

Dann begann der große Wald. Seine Baumriesen, ließen das grelle Sonnenlicht zur Dämmerung verkümmern. Die sandige Piste wurde hier so schmal, dass das Grünzeug des Dschungels an den Seiten des Busses kratzte.

Schließlich erreichten sie eine einsame Bucht, die sich nach Süden ins blaue Meer hinein öffnete und in der es nichts gab, als das Hotel, in dem Falkner ein Zimmer gebucht hatte und ein paar Fischerhütten weiter unten am Meer.

9

Schon in der Morgendämmerung war Falkner draußen. Wie lange war er schon nicht mehr am Meer gewesen! Nun genoss er in vollen Zügen den Duft von Tang und Salz, die prickelnd frische Brise auf seiner Haut, das regelmäßige Rauschen der Wellen, das in ihm nachhallte wie sein Herzschlag. Der Himmel hing tief und bleich und fing sich erst im Laufe der folgenden Minuten zu verfärben an: Ins Weißgrau mischte sich, zuerst kaum sichtbar und nur ganz im Osten, ein Hauch von Rosa, das den Strich des Horizonts dunkel machte. Und je röter der Himmel aufblühte, desto dunkler wurde das Meer, als ob es die Nacht in sich aufnähme und sie in seinen Tiefen verstecken wollte, um sie nach vielen, sonnendurchglühten Stunden wieder langsam und leise loszulassen, Schatten um Schatten, durchscheinend zuerst und unsichtbar, dann aber langsam den Raum füllend, zunehmend an Dichte, bis wieder Nacht war.

Doch davon trennten ihn nun noch Stunden. Der Tag stieg eben erst auf, ein kostbarer, leerer Raum voller Verheißung. Von weit hinter dem Horizont kam er, von irgendwoher, aus dem Osten. Aber der Osten war hier der Westen: Dort lag das Land der Glaspaläste, der Börsen und der Jets.

Draußen im Meer war von Zeit zu Zeit ein Boot zu sehen, nur in den kurzen Momenten, wenn gerade kein Wellenkamm die Sicht verdeckte. Und die Wellen gingen an diesem Morgen erstaunlich hoch. Sonst aber war alles menschenleer. Und selbst die Vögel waren noch nicht erwacht.

Falkner ging direkt am Meer, der dunklen Grenze entlang, wo der Sand von den Wellen befeuchtet wurde. Seine Füße hinterließen klare, saubere Abdrücke, die das Wasser aber immer sofort wieder löschte, so, als ob es sie und ihn nie gegeben hätte. Er genoss die Glätte des nassen Sandes, die sich in schlammiges Quellen auflöste, wenn er den Fuß darauf setzte, ein Quellen, das kühl zwischen den Zehen hinaufstieg und sie einzeln spürbar machte. Fast war ihm, als ob diese sanfte Fußmassage seine Lungen weiten würde. Manchmal traf ihn eine hereinfallende Welle und verflüssigte den Grund, auf dem er so lustvoll ging. Manchmal war der Wasserschwall so hoch, dass er Falkner bis an die Waden nässte und kühlte.

Der Himmel war jetzt fast rot, und ein paar verlorene Wolkenfetzen strahlten golden über dem verfinsterten Meer. Im Gehen beobachtete Falkner, wie der Goldschein heller und strahlender wurde, fast unerträglich gleißend sogar, und nun blitzte es an der Linie des Horizontes und die Sonne stieg langsam herauf und zwang

Falkner dazu, seine Augen zu Schlitzen zu schließen.

Wann hatte Falkner das letzte Mal einen Sonnenaufgang erlebt? Er war tief berührt vom aufsteigenden Glanz und erschrak fast darüber, dass alles still blieb. Irgendetwas in ihm erwartete, dass, wie im Kino, ein Orchester einsetzen und den Sonnenaufgang mit einem Fortissimo unterstreichen müsse. Denn nun wurde das Licht heller und heller. Die Sonne begann sich als Scheibe abzuzeichnen und malte eine goldene Straße auf die bewegten Wellen. Und das Meer wurde unwirklich von all der Helligkeit.

Falkner setzte sich. Eine Spinne krabbelte davon, ein erstes Anzeichen von Leben. Erst jetzt fiel Falkner auf, dass er keine Muscheln, keinen Tang, zu seinen Füssen gesehen hatte, sondern nur unberührten, makellosen Sand. Gab es keine Tiere hier? Oder war das einfach nicht ihr Moment?

Die ersten Strahlen der Sonne trafen auf den alten Mann und wärmten ihn. Er registrierte, dass er nun einen Schatten warf.

Ein Morgen, ein Mann, ein Meer. Und eine große, von Wellenrauschen erfüllte Stille. Falkner saß stundenlang. Bis ihn die Hitze zurück ins Hotel trieb.

Am Swimmingpool saßen die Feriengäste unter Sonnenschirmen aus Bast, die im Wind leise raschelten. Von der Bar drangen ein paar Fetzen Musik. Doch in der klimatisierten Eingangshalle war es menschenleer und still. Und auch in seinem Zimmer empfingen Falkner Kühle und Stille. Der Boden war eben aufgezogen worden und strömte einen intensiven Duft nach sauren Bonbons aus. Falkner warf sich aufs Bett und schnupperte aufgeregt: Diesen Geruch kannte er doch! Und dann erinnerte er sich an Himbeeren und Schnitze von Orangen und Zitronen aus steinhartem Zucker. Er sah sich und seinen Bruder, wie sie sich in eine Bonbon-Tüte teilten. Der Bruder schichtete sorgfältig zwei

Häufchen vor sich auf: eine Himbeere links, eine Himbeere rechts, einen Orangenschnitz links, einen Orangenschnitz rechts. Und Falkner überwachte ihn sorgsam, damit auch alles mit rechten Dingen zuginge. Und er fühlte wieder dieses Kind, das er gewesen war, fühlte, wie er mit ängstlicher Aufmerksamkeit seinen älteren Bruder bewachte, seinen Bruder und Helden, dem alle Herzen und alle Dinge zuflogen, der alles konnte und alles wusste und der mit strahlender Freundlichkeit und stillem Verständnis dem Neid des Jüngeren begegnete. Und dann überstürzten sich die Bilder in Falkners. Er sah den Bruder, wie er bleich und still auf einer Bahre hereingetragen wurde, noch einmal mit großen, lustigen Augen auf ihn blickte, ausatmete und starb. Und nun schien sich der Geruch von sauren Bonbons mit dem von Weihrauch zu mischen.

Falkner lag gedankenleer da und stierte auf die weißen, glänzenden Kacheln des Bodens und die strahlend gelben Vorhänge, die zugezogen und mit reflektierendem Stoff gefüttert waren um die Hitze des Tages draußen zu halten. Er betrachtete die weißen Wände, auf denen kein Schatten lag und wo es nur etwas zu sehen gab: Ein kleines Bild vom Meer und seinen Wellen, ein erbärmlicher Ausschnitt von der herrlichen Weite, die er an diesem Morgen erlebt hatte.

Falkner sah alles und sah nichts. Er fühlte seinen Körper und er spürte nichts, außer der Zeit, die wie ein weicher Wedel über ihn hinstrich und ihn vorwärts trug, ob er es wollte oder nicht. Er wusste sehr klar, dass er sterblich war.

Und dann hörte er eine Stimme, die in Worten sang, die er nicht verstand, und die ihn so berührte, dass er sich und alles vergaß, was er je gedacht und gewusst hatte.

Als er erwachte, wusste er nicht, ob er nur geträumt hatte. Der Hunger trieb ihn hinunter in den Speisesaal.

Dieser war rosa aufgedeckt und gähnend leer. Jedermann war draußen beim Swimmingpool und bediente sich an einem Buffet. Falkner begab sich ebenfalls nach draußen, seinen Zimmerschlüssel vor sich her schwenkend. Der Chef de Service, dessen formelle, schwarzweiße Gewandung fremd auf seiner honigbraunen Haut wirkte, lächelte ihm entgegen und führte ihn zu einem Tisch direkt am Stamm einer dicken Palme.

"Möchten Sie allein bleiben, Sir?" fragte er.

"Wie's gerade so kommt", murmelte Falkner, nicht unfreundlich, aber abgelenkt von allem, was sich dem Auge darbot. Neben einer unendlich langen Tafel voll auserlesener Speisen gab es auch jede Menge an mehr oder weniger schönen Frauen-Pos in knappen Bikini-Höschen, begleitet von athletischen, gebräunten Herren mit durchgedrücktem Rücken.

"Ein kühler Drink, Sir?"

"Oh, ja, gerne." Falkner wandte nun seine Aufmerksamkeit ganz dem freundlichen Helfer zu und schenkte ihm einen offenen Blick aus seinen grauen Augen.

"Ziemlich heiß hier, nicht wahr." Er zeigte mit dem Kinn auf eine der vorbei schwebenden langbeinigen Figuren.

"Ja, Sir, tatsächlich", antwortete der Ober neutral und ohne eine Miene zu verziehen. Und dann verschwand er, um bald mit einem riesigen Glas, das mit gelber, milchiger Flüssigkeit gefüllt und mit riesigen grünen Blättern und roten Kirschen garniert war, zurückzukommen.

"Unser Willkommens-Drink, Sir, eine Spezialität des Hauses. Ich hoffe, dass es Ihnen schmeckt." Dann ging er, ohne einen Kommentar Falkners abzuwarten.

Dieser fühlte sich in alte Zeiten zurückversetzt. Damals, als er von Kongress zu Kongress und von Luxushotel zu Luxushotel gejettet war. Damals, als sich ständig ein paar Leute um seine Gegenwart rissen, als sich hochwissenschaftliche Gespräche mit hochprozentigen Alkoholen mischten, als man ihn um Rat fragte, als junge Assistentinnen mit intelligenten Augen am Tisch saßen und darauf warteten, dass er sie ansprach. War er nicht immer noch dieser Mann, auf den alle warteten? Waren die dunklen Jahre, die er, wie eine verkrochene Maus in einem Loch in einem Außenquartier seiner Stadt verbracht hatte, nicht einfach nur ein Traum, ein Augenblick, der jetzt für immer vorbei war?

Falkner setzte sich etwas aufrechter hin und kontrollierte in Gedanken seine Erscheinung. Seine Beine waren verzweifelt weiß. Seine Shorts waren neu und passabel, sein Shirt zwar alt, aber von bester Qualität. Die Haare sollten geschnitten werden, wahrscheinlich, aber immerhin war er rasiert. Die Sonnenbrille war zwar zwanzig Jahre alt, aber von einer Weltmarke, die immer noch die gleiche Form produzierte.

Dann lachte er über sich: Was tat er da! Sollte er etwa tatsächlich in jene Welt zurückwollen? Wollte er wieder der Alte sein? Und wäre dies überhaupt möglich?

Falkner zuckte die Schultern. 'Zuerst essen wir jetzt einmal', sagte er sich. Aber wie er nun zum Buffet schritt, schienen seine Schritte zu federn. Und wie er vom Kellner freundlich, aber bestimmt, dieses und jenes verlangte, hatte er das Auftreten eines Mannes, der von seiner Wichtigkeit so überzeugt war, dass er sie gar nicht nach außen zeigen musste.

Nach dem Essen meldete er sich im hoteleigenen Coiffeursalon an. Und um vier Uhr nahm er den Bus, der die Touristen durch den Urwald zurück in die Hauptstadt fuhr. Dort wollte er sich dieses und jenes zum Anziehen kaufen.

10

Einmal mehr war Falkner verblüfft von der Hitze und dem Getriebe, die in diesen Straßen herrschten. Ihm war, als ob er seine Wahrnehmung reduzieren und seine Sinne an die Leine nehmen müsste, damit ihn die Reize und Impulse nicht einfach überfluten und wegschwemmen würden. Er atmete tief durch und zog eine Wolke von Benzindampf und Staub in seine Lunge. Er hatte mit dem Chauffeur des Busses ausgemacht, dass dieser ihn zum besten Herrenausstatter der Stadt bringen sollte.

Und da stand er nun. Das Haus wirkte von außen wie alle anderen auch, niedrig und schäbig. Die Schaufenster waren sparsam dekoriert und wirkten verstaubt. Aber der Laden war klimatisiert und klinisch sauber. Und an Bügeln hingen reihenweise die besten Erzeugnisse der englischen und italienischen Textilindustrie. Ein alter Chinese kam aus dem Hinterzimmer und betrachtete Falkner mit einem Blick, den dieser nicht einzuschätzen wusste.

"Sie brauchen ein neues Outfit, Sir?"

Ja, was brauchte Falkner eigentlich? Erst jetzt merkte er, dass er keine konkreten Vorstellungen hatte. Er improvisierte:

"Ich möchte einen leichten Anzug, sehr leicht, sehr gute Qualität. Und er darf ruhig etwas modisch sein."

"Oh, darf er." Der Alte schien sich über ihn zu mokieren. 'Er denkt wohl, ich denke... dachte Falkner, ließ diese Art von

Überlegungen aber sofort fallen. Was sollte das? Warum sollte er sich verteidigen müssen.

Der Alte hatte inzwischen in die Gestelle gegriffen und vier schöne Anzüge hervorgezogen. Die Farben: ein mausiges Hellgrau, ein bläuliches Grau, ein helles Braun und Schwarz. Die Revers waren in diesem

Sommer etwas breiter als auch schon, aber auch nicht viel breiter, als sie es waren, als Falkner vor Jahren seinen letzten Anzug gekauft hatte.

"Probieren wir."

Falkner gefiel sich. Der gute Schnitt der Kittel brachte seine schlanke Figur zur Geltung. Er wirkte groß, hager, aber doch stattlich.

"Sieht gut aus", sagte er.

"Mir würde zu Ihren hellen Haaren auch etwas Helles gut gefallen", sagte der Chinese.

Und Falkner ließ sich Helles bringen. Hellblau, beige, sogar ein zartes Bois de Rose.

"Wie wäre es mit weiß?" fragte er.

"Wissen Sie, weiß", sagte der Chinese, "das sieht schön aus, wirkt aber schnell schmutzig. Wollen Sie wirklich weiß?"

"Ich weiß nicht, vielleicht." Falkner stieg in Hose und Jacke.

Und dann wollte er weiß. Weiß brachte nicht nur seine Haare zur Geltung, sondern veränderte auch sein Gesicht. Seine Vogelnase wirkte plötzlich ehrfurchtgebietend und seine hellen Augen strahlten förmlich.

Falkner kaufte sich also den teuren, weißen Anzug und ein paar Hemden und T-Shirts in hellen Pastelltönen. Als der Chauffeur ihn abholte, war er schwer beladen.

"Und jetzt noch zu einer Parfümerie", befahl Falkner.

"Haben wir aber auch bei uns im Hotel, Sir, wenn ich mir erlauben darf, Sie darauf aufmerksam zu machen."

"O.k. Dann nach Hause."

Als sie zwischen den Urwaldriesen hindurchfuhren und das Auto auf der schlechten Piste schwankte und manchmal nur im Schritttempo vorankam, fühlte sich Falkner ein wenig lächerlich. Wozu brauchte er hier in der Natur, in dieser verlassenen Bucht, solchen Tand? Ein weißer Anzug, lächerlich. Er würde ihn zu Hause niemals tragen können. – Aber vielleicht war es gerade die Sinnlosigkeit seiner Unternehmung, die ihm gefiel und ihn in eine erstaunlich gute Laune versetzte.

Als er am Abend, frisch rasiert, mit frisch geschnittenem und geföhntem Haar und mit der neuesten Duftmarke parfümiert, den Speisesaal betrat, richteten sich viele Blicke auf den seltsamen, imposanten Mann, der nun aufrecht und gerade zwischen den Tischreihen hindurchging, geführt vom Chef, der ihn an der Türe in Empfang genommen hatte. Diesmal erhielt er einen Platz direkt am kleinen Teich, in dem Seerosen und ein paar Goldfische schwammen.

Falkner bestellte einen kalifornischen Weißwein, nahm genussvoll kleine Schlucke davon und betrachtete, was sich seinen Blicken darbot: die aufgeputzten, plaudernden Gäste, die Kellner, die eilig mit großen Platten zwischen ihnen hindurch flitzten, die Natur vor den großen Fenstern draußen, die sich, satt von der Hitze des Tages, faul zu räkeln schien, ohne ein Blatt zu bewegen. Unten zog das Meer mit seinen Wellen unermüdlich Strich um Strich.

Falkner fühlte den Wein auf seiner Zunge, das Kissen unter seinen Schenkeln, er roch die Mischung aller Parfüms im Saal und ihm war, als ob er selber das Schwarz wäre, mit dem sich die Äste abzeichneten vor dem hellen Grün der Blätter, als ob er das Rot wäre, das im Kelch der Hibiskusblüte, die vor ihm auf dem Tisch stand, tiefer und tiefer wurde und samten verging. Falkner war lebendig wie schon lange nicht mehr.

Er kostete vom Krabbensalat, den man inzwischen vor ihn hingestellt hatte. Das faserige Fleisch war in die Schale des Taschenkrebses eingefüllt und schmeckte süß wie Melone und salzig wie das Meer. Falkner genoss dieses Frische mit Bewusstsein und Behagen.

Als er sein Glas hob um zu trinken, nickte ihm eine dunkelhaarige Schönheit zu, die ein paar Tische entfernt saß, und ihre Augen trafen ihn wie ein blauer Blitz. Falkner trank ihr zu und erinnerte sich an die Zeiten, als er als Charmeur und Eroberer galt, der mit seiner Unbekümmertheit etwas in den Frauen zum Klingen brachte, das sie weich und gefügig machte. Er staunte, dass es immer noch funktionierte. Er betrachtete die Frau nun mit Interesse, aber was er sah, gefiel ihm nicht besonders. Da saß hinter der gepflegten Fassade einer wohl situierten Vierzigjährigen ein bedürftiges, kleines Mädchen, das verzweifelt nach etwas suchte, das ihm im Leben Halt geben könnte. Und Falkner wusste, dass er nicht die Boje war, an die sie ihr Schiff anbinden konnte.

Die Lammkoteletten waren perfekt gebraten, zartrosa, und mit einer erstaunlichen Kombination von Bohnen und Backbananen serviert. Falkner verzehrte sie mit einer ganz neuen Art von Appetit, der sich um jede Nuance des Geschmacks kümmerte, ihn freudig annahm, untersuchte und abwog, als ob er das, was seine Geschmacksknospen so angenehm berührte, selber betasten, kitzeln und streicheln wollte. Er ging auf in Duft und Geschmack, gab sich ihnen hin, wie sie sich ihm hingaben, liebte die Würze, sich und das Leben. Und so war auch der Käse und der süße Nachtisch wie ein herrliches Fest. Falkner war neu geboren.

Später, am Bartresen lehnend und einen Malz-Whisky schlürfend, ließ er auf die gleiche Weise die Umgebung auf sich wirken. Er horchte auf die Stimmen der Menschen, nahm sie wahr als Gesamtheit wie das Murmeln eines Baches, und merkte auf, wenn, wie ein Kiesel im Sonnenlicht, plötzlich ein Lachen aufblitzte. Dann ließ er seinen Blick in den überfüllten Raum wandern und wunderte sich. Wer waren sie alle, die sich hier zu einem heimlichen Rendezvous versammelt hatten, geschickt von einem Zufall, der für sie diesen Raum und diesen Moment gewählt hatte? Welche Schicksale verbargen sich hinter den glitzernden Cocktailkleidern und den gut geschnittenen Dinner-Jackets? Oder hinter den roten, mit goldenen Streifen besetzten Jacken der Kellner? Im Moment war alles friedlich und harmonisch, alle schienen glücklich zu sein. Aber vielleicht logen sie. Vielleicht war es so, dass gerade jetzt in ihnen eine Krebszelle zur Vermehrung ansetzte oder dass eine Partie ihres Gehirnes bereits einzutrocknen begann. Sie aber wussten es nicht und fühlten sich geborgen in der Schale dieses glücklichen Augenblicks, die aber im Bruchteil einer Sekunde aufbrechen konnte. Gab es nicht Schlaganfälle? Hotelbrände? Und waren diese Inseln nicht bekannt dafür, dass plötzlich monumentale Flutwellen über ihnen zusammenschlagen konnten, die alles vernichteten?

Falkner fühlte den Kontrast zwischen Behagen und Grauen wie einen Riss durch sich gehen. Er wusste, dass er weiter sah und offener wahrnahm als die meisten Menschen, die sich an der einen Seite der Medaille festklammerten und zu vergessen versuchten, dass der Mond eine Rückseite hat, auf der unglückliche Geister heulen.

In dieser Nacht träumte Falkner, dass er die Fähigkeit verloren hatte, in Bildern zu denken und dass es nichts mehr gab außer ihm und einer Zeitblase, in der er durch das schwarze Nichts schwebte.

11

Am nächsten Morgen hatte Falkner ausgeschlafen und sich dann ein Frühstück mit Orangensaft und Ei aufs Zimmer bringen lassen. Nun saß er auf dem Balkon und schlürfte den dickgewordenen, kalten Tee, der in der Kanne übrig war und blickte aufs Meer und den Sandstrand hinunter, wo sich Familien fürs Sonnenbad einrichteten. Fischer überprüften ihre Netze, die sie in der Morgendämmerung glitzernd gefüllt aus dem Meer gezogen hatten. Es war angenehm kühl, denn noch schien die Sonne nicht auf die Ecke des Gebäudes, wo Falkner sich niedergelassen hatte, unter knallroten Köpfen von steifen Geranien, die die Grenze zum Nachbarbalkon markierten. Falkner überlegte gerade, wie er den Tag verbringen wollte und wozu er Lust hätte, als es an die Tür klopfte.

"Room-Service, entschuldigen Sie. Dürfen wir hereinkommen, Sir?"

Falkner signalisierte Zustimmung, ohne sich umzudrehen. Er schaute weiter ins Weite und versuchte, die Putz-Geräusche aus dem Zimmer zu überhören. Zuerst waren offenbar mehrere Frauen an der Arbeit, schoben das Bett hin und her und klirrten im Badezimmer herum, wobei sie sich manchmal kurze Worte zuriefen, in einer Sprache, die Falkner nicht kannte und die wie Vogelzwitschern klang. Dann wurde es endlich ruhiger. Und plötzlich drang der Duft von sauren Bonbons in Falkners Nase.

Er schreckte auf, schoss hoch und wollte ins Zimmer zurückkehren, sah aber, dass noch immer eine Frau dabei war, den weißen Keramikboden aufzuwischen. Er konnte sie nicht richtig sehen. Sie trug eine weiße Schürze und ein riesiger Schwall roter Locken verdeckte ihr Gesicht. Falkner stoppte unter dem Rahmen der Balkontür und beobachtete, wie sie mit sparsamen Bewegungen über den Boden, dann in den Wasserkessel, und wieder über den Boden fuhr. Ein seltsamer Schwindel, wie eine Leere im Kopf, überfiel ihn und er stand wie hypnotisiert, unfähig sich zu bewegen, unfähig, zu entscheiden, was er wollte.

Die Frau war nun hinten im Zimmer. Der Boden war fertig gefegt. Sie kam aus ihrer gebückten Haltung hoch, stand auf und drehte sich zum Fenster. Falkner stand wie vom Donner gerührt. Vor ihm stand Eela.

"Guten Morgen, Sir, danke", sagte sie zu dem schwarzen Schatten, der im Gegenlicht in der Balkontüre stand und verschwand. Die Tür schloss sich leise hinter ihr.

Falkner griff sich an den Hals. Seine Halsschlagader trommelte einen schnellen Puls an seine Finger und irgendwie beruhigte ihn das: Er war offensichtlich noch da, er war offensichtlich noch lebendig. Seine Finger, sein Hals und sein Puls bewiesen es. Er vergaß, dass er den nassen Boden eigentlich nicht betreten wollte, ging ins Zimmer und warf sich schwer atmend aufs Bett. 'Ich werde wahnsinnig', dachte er, 'jetzt werde ich doch tatsächlich wahnsinnig. Er hatte das Gefühl, zu vergehen, auszulaufen in ein fremdes Nichts. Gleichzeitig staunte er über sich und seine Situation. Er versuchte, sich zu orientieren, die Welt um sich her zu erfassen. Da unten war das Meer, er konnte es hören, da unten schrien Kinder, das war die Realität. Um ihn herum waren die Wände seines Zimmers, das war auch wirklich. Auch die Matratze unter ihm, der Balkon draußen, das Frühstücksgeschirr auf dem großen Tablett.

"Es kann nicht stimmen", sagte er schließlich laut. "Ich muss mich getäuscht haben." Und dann rechnete er sich vor, dass die Entfernung zu dieser Frau mindestens acht Meter betragen hatte und dass er aus der gleißenden Helle ins Dunkle geschaut hatte und dass ihn die roten Haare für einen Moment getäuscht haben mussten. "Fang mir nicht wieder damit an, Realitäten durcheinander zu bringen", forderte er streng und fast böse. Denn er erinnerte sich an die schwierigen Wochen im Krankenhaus, als er aus seiner prall mit Bildern gefüllten Bewusstlosigkeit aufgetaucht war, unfähig sich auszudrücken, und nicht wissend, welche Bilder innen und welche außen waren. Und ohne die Möglichkeit, zu fragen.

Falkner blieb den ganzen Tag auf seinem Zimmer. Als er sich von seinem Schrecken erholt hatte, las er den dicken Kriminalroman, den er am Hotelkiosk gekauft hatte. Die Geschichte interessierte ihn zwar überhaupt nicht und er bekam sie auch gar nicht wirklich mit. Aber das Lesen gab ihm das Gefühl, normal und gut in der Realität verankert zu sein.

Zum Nachtessen ließ er sich ein Omelett heraufbringen. Er aß auf dem Balkon und sah zu, wie der Himmel dunkler und violetter wurde, wie der Strand sich leerte und das Wasser seinen Glanz verlor. Die Fischerboote fuhren aufs Meer und ließen ihre gelben, kleinen Lichter auf den Wellen tanzen. Es wurde dunkel. Die feuchte Nachtluft überzog Falkner mit einer klebrigen Schicht, aber er blieb trotzdem sitzen. Er fürchtete, dass er nicht schlafen könne oder aber, dass seine Träume so lebhaft wären, dass er plötzlich nicht mehr wüsste, wo er sei.

Es war nach zwei, als er, endlich von einer klammen Müdigkeit übermannt, ins Bett fiel.

Als er erwachte, beschloss er, den vorigen Tag so genau wie möglich zu wiederholen. Er bestellte Frühstück mit Orangensaft und Ei. Er setzte sich auf den Balkon. Er schaute auf den Strand, auf das beginnende Treiben der Feriengäste. Er tat so, als ob es ihn interessieren würde. Aber er belog sich. In Wirklichkeit benahm er sich wie ein Kind, das ein magisches Ritual durchführt: 'Wenn ich alles genau so wie gestern mache, dann wird, dann muss, dann wird es gestern sein.'

Die Zeit wurde ihm lang bis endlich der Room-Service kam. Jetzt horchte er aufmerksam, ohne sich umzusehen, auf das Rücken der Möbel und das Klirren aus dem Badezimmer. Seine Spannung wuchs, als er nun auf den süßsauren Duft des Reinigungsmittels wartete. Er hielt die Augen geschlossen, damit sie nachher, wenn er ins Zimmer träte, nicht geblendet seien. Eine

Ewigkeit schien zu vergehen. Dann kam der Putzmittel-Duft.

Endlich. Er schoss auf und stieß heftig gegen den Tisch, weil er die Lider noch immer zusammengepresst hielt. Es waren nur zwei Schritte bis zur Tür und erst dort riss er die Augen auf.

Er sah sie nicht sofort, denn sie war nicht hinten im Zimmer, sondern links neben dem Bett. Es war eine kleine, schwarzhaarige Frau mit dichten Ponyfransen. Sie lächelte breit.

"Good morning, Sir."

Falkner schluckte und brachte kein Wort hervor. Seine heftige Bewegung und seine Verwirrung entgingen der kleinen Frau nicht und sie fragte mit Anteilnahme:

"Alles o.k. Sir?"

Da riss sich Falkner zusammen. Er brachte seine Worte einigermaßen ruhig und gesetzt hervor:

"Ja, ja, alles o.k. Vielen Dank. Ich wollte nur... Wissen Sie, ich dachte ..." Dann nach einer kleinen Pause: "Sagen Sie, Ihre Kollegin von gestern, die Rothaarige, wissen Sie, wen ich meine? Die wollte ich etwas fragen."

"Oh, Mercedes." Die Kleine war keineswegs überrascht. "Mercedes hat heute frei. Morgen arbeitet sie wieder." Und schon drehte sie sich von ihm weg.

"Aha", sagte Falkner, jetzt fast militärisch trocken, "vielen Dank. Ich muss sie nämlich etwas fragen. Vielen Dank."

Dann setzte er sich wieder auf seinen Balkonsessel und schaute benommen aufs Meer.

Mercedes. Mercedes. Falkner war erleichtert. Mercedes hieß sie und nicht Eela. Er hatte sich wirklich getäuscht. Er war ja wohl verrückt gewesen. 'Blödsinn', dachte er immer wieder, 'Blödsinn.

Und dann machte er einen Spaziergang. Er ging ein ziemliches Stück in den Dschungel hinein, auf sorgfältig gesäuberten Wegen, versteht sich, und gönnte sich anschließend ein reichliches Mal am Mittagsbuffet.

Als er an der Bar am Swimmingpool einen Verdauungsschnaps trank und ein paar Worte mit dem Barkeeper wechselte, gesellte sich die Schwarzhaarige aus dem Speisesaal zu ihnen.

"Ach, Sie sind nicht abgereist?" Sie war sehr beiläufig.

"Ich habe Sie gestern Abend gar nicht gesehen."

"Ich hatte zu tun", log Falkner geschmeidig. Und sah in ihren Augen Interesse aufglimmen während sie einen Schritt näher rückte.

Sie bestellte einen dieser exotischen Drinks mit Früchten und Blättern und vielfarbigen Säften und ließ sich über den Vitamingehalt der einzelnen Bestandteile aus. Sie sprach leicht und angenehm, mit Humor in der Stimme, wechselte bereitwillig von Thema zu Thema, lächelte charmant, war zwischendurch erstaunlich klug und witzig und gefiel Falkner im Laufe der Zeit so gut, dass er sie zu einer Bootstour einlud. Dabei erwies sie sich auf eine höchst reizende Art als ängstlich und mutig zugleich, verstand es auch, über weite Strecken zu schweigen, einfach die Luft und das Wasser genießend, so dass Falkner ihre Gesellschaft immer lieber wurde.

Sie aßen am Abend zusammen, wobei es Falkner um sich für die Zukunft die Freiheit zu erhalten, vermied, mit ihr in den Speisesaal zu gehen. Er lud sie vielmehr in das kleine Fischrestaurant unten am Strand ein. Dort saßen sie am kleinen Tisch, umschwärmt von Mücken, und knabberten frittierte Tintenfischringe. Dazu gab es Salat und chinesisches Bier und eine herrliche Aussicht auf das Meer und den Mond, der die Spitzen der Wellen versilberte. Und Helen, so hieß sie, erzählte von ihrer Kindheit in England und von ihrem Vater, der nie zu Hause war, weil er eine Hotelkette besaß, die sich über die ganze Welt hinweg zog. Bis er, als sie acht Jahre alt war, bei einer Fuchsjagd vom Pferd fiel und von da an für immer zu Hause blieb. Sie beschrieb ihre Mutter, die weiter ausritt und sich Kavaliere hielt, während Helen, inzwischen erwachsen geworden, den Vater im Rollstuhl betreute, für ihn da war und seine Tage zu füllen half. Ihre Geschichte nahm eine tragische Wende. Denn als der Sohn aus dem benachbarten Gut um ihre Hand anhielt, die sie ausschlagen wollte, weil sie ihn nicht leiden konnte, als also dieser Heiratsantrag eintraf, fürchtete der Vater, er würde sie an ihrem Glück hindern und schied freiwillig aus dem Leben. Sie fand ihn am Morgen im Bett und einen Brief auf dem Nachttisch: "Liebe Helen, ich darf Dir nicht länger im Wege stehen.." Aus schierer Verzweiflung heiratete sie dann doch und führte eine katastrophale Ehe, die nun endlich durch Scheidung aufgelöst wurde. Und dann sagte sie noch leicht bitter, dass sie eigentlich nicht wisse, wozu und weshalb sie lebe.

Falkner vermied es, über sich zu sprechen. Er nahm Helens Hand, streichelte sie und versuchte ihr glaubhaft zu machen, dass das Leben kostbar sei, auch wenn es Schmerzen mit sich bringe. Aber er wusste, dass er sie mit seinen Worten nicht zu überzeugen vermochte.

Als sie dem Meer entlang zum Hotel zurückgingen, suchte Helen Falkners Hand und er hielt sie und genoss es, sich stark und beschützend zu fühlen. Er war gerührt über sich und über sie. Und der Abend gefiel ihm ausnehmend gut.

12

Als Falkner am Morgen erwachte, fühlte er sich großartig. 'Endlich habe ich mich an den Ort gewöhnt', sagte er sich, 'und ans Ferienmachen. Und er fragte sich, was er heute mit Helen unternehmen könne. Er streckte sich genüsslich und fiel noch einmal in Dämmerschlaf, bis ihn das Klopfen des Room-Service weckte.

"In einer halben Stunde bin ich so weit", schrie er durch die geschlossene Türe. Und plötzlich verwehte ein Schwall von rotem Haar seine zufriedene Behaglichkeit. Die Unruhe trieb ihn hoch und verließ ihn auch unter der Dusche nicht, wo er sie mit wechselnd warmem und kaltem Wasser wegzuspülen versuchte.

Angezogen und ohne Frühstück wartete er im Zimmer bis der Room-Service zurückkam. Er hatte das grüne Schild BITTE SAUBERMACHEN an die Türklinke im Gang gehängt.

Schließlich klopfte es und Falkner öffnete die Tür. Vor ihm stand Eela mit Eimer und Schrubber.

Wie kommt es, dass man jemanden kennt? Wie kommt es, dass man zweifelsfrei weiß: Das ist Alfred, Primarschule dritte Bankreihe links, auch wenn man ihn vierzig Jahre nicht gesehen hat und er damals sieben war und jetzt schon faltig und angegraut? Was ist es, was man wieder erkennt? Die Gesichtszüge können es nicht sein, damals hatte Alfred noch keine Hängebacken. Sein Teint ist jetzt bleich, denn er ist faul geworden und sitzt lieber im Büro, als dass er draußen spazieren geht. Dabei war Alfred ein rotwangiger Bauernbub mit einem ausgeprägten Bewegungsdrang gewesen. Seine einstmals dunklen Haare sind jetzt schütter. Seine Augen blicken nicht mehr frech. Und trotzdem ist es Alfred. Was ist Alfred? Sein Blick? Ist es seine Seele, die aus seinen Augen schaut und die man wieder erkennt?

Da stand also Eela, die Frau, die Falkner beim Schreiben aus den Ginsterbüschen heraus beobachtet und belauscht hatte. Das Gesicht war runder geworden, sie schien etwa zehn Jahre älter. Aber es war zweifellos Eela, obwohl es sie doch gar nicht gab und sie ein reines Produkt seiner Vorstellung war. Doch seit wann putzen Fantasien Hotelzimmer? Eela kümmerte sich nicht darum. Sie stand da und schüttelte ihren roten Schopf mit einer fast unmerklichen Bewegung und hob den Kopf genau auf die Weise, die Falkner schon immer fasziniert hatte.

Sie standen sich einen Augenblick stumm gegenüber. In Eelas Augen ging dabei nichts vor. Sie sagte neutral:

"Dürfen wir hereinkommen, Sir." Ihre Stimme hatte keinen besonderen Klang.

"Ja, bitte", sagte Falkner schnell, drehte sich um und floh auf den Balkon. 'Ich werd verrückt, ich werd verrückt', murmelte er. 'Das kann ganz einfach nicht Eela sein', beschloss er und starrte in die Weite ohne die Bäume und das Meer überhaupt wahrzunehmen.

Er wartete, bis die Putzgeräusche hinter ihm langsam leiser wurden. Dann ging er ins Zimmer zurück. Die rothaarige Frau war über ihren Eimer gebeugt. Ihr Rücken unter der weißen Schürze bildete einen perfekten Bogen.

Falkner hüstelte und wählte sorgfältig seine banalen Worte: "Darf ich Sie etwas fragen?"

Sie blickte auf und sah ihn mit großen, interessierten und unerschrockenen Augen an. "Ja, bitte."

"Wie heißen Sie, bitte?" Das 'Bitte' war fast nicht zu hören, sondern verhauchte gleichsam auf Falkners Lippen, der sich plötzlich zum Sterben schwach und verletzlich fühlte.

Sie schien nichts zu merken. "Mercedes", sagte sie ohne jede Betonung, ohne Lächeln und ohne nach Verständnis zu suchen.

Falkner entfloh ein Seufzer der Erleichterung. Dabei hätte ihn ihre Stimme warnen sollen, aber er war zu aufgeregt um wirklich hinzuhorchen.

"Sie erinnern mich so sehr an jemanden." Er sagte es sehr, sehr leise. "Jemand aus einer anderen Welt, aus einer sehr, sehr fernen Zeit. Jene Frau hieß Eela."

"Ja, so nennt mich mein Volk."

Falkner wurde ohnmächtig, noch bevor er den Satz zu Ende gehört hatte.

Als er wieder zu sich kam, lag er auf dem Boden, den Kopf auf den Knien von Eela, die seine Stirn streichelte und seine Schläfen sanft massierte. Er spürte die Kühle des Bodens und die Wärme ihres Körpers und die Weichheit ihrer Brust in einem einzigen, intensiven Augenblick. Dann suchte er ihren Blick. Als er ihre Augen fand, wurde plötzlich alles so weit, dass er vor Schwindel das Bewusstsein beinahe nochmals verlor. Schnell schloss er die Augen. Sie summte ganz leise und streichelte und massierte ihn. Dabei wiegte sie ihn mit ganz kleinen, sparsamen Bewegungen. Falkner meinte, die Seligkeit kaum ertragen zu können. Er blieb ganz still, hielt die Augen geschlossen und versuchte, Zeit zu gewinnen. Aber sie hatte ihn durchschaut. Sie begann ganz zart in ihr Summen hinein Worte zu flechten.

"Hallo, Sir", summte sie, und es klang wie ein Kinderlied, "sind Sie wieder da? Hallo, Sir, geht es Ihnen wieder gut? Hallo, Sir, kommen Sie, erwachen Sie, es ist alles gut. Nicht schlafen, lieber Herr, kommen Sie, kommen Sie es ist alles gut."

Es war ein ganz einfaches Lied, aber es entzückte Falkner mehr als alles, was er je gehört hatte. Endlich schlug er die Augen auf und lächelte sie an. Eela lächelte zurück. Er hatte den Blick eines Zweijährigen, der nach Liebe sucht, und sie das Lächeln einer Mutter, die alles versteht und alles verzeiht. Falkner hätte am liebsten geweint. Aber er spürte, dass er die Situation nicht ausnutzen dürfe. Und so sagte er schließlich, und seine Stimme war leicht und rau wie Bimsstein:

"Ich glaube, es geht wieder."

"Natürlich geht es wieder, Sir." Ihre Stimme war

himmlischer Balsam in Falkners Ohren. "Es geht immer wieder, immer." Und dabei hielt sie ihn wie zuvor und massierte und streichelte ihn. Offensichtlich hatte sie es nicht eilig, ihn loszuwerden. Falkner spürte, dass sie ihn halten würde, bis er genug hätte, bis er selber aufstünde. Er wusste in diesem Moment, dass ihre Geduld grenzenlos war. Und wieder hätte er schluchzen mögen. Statt dessen sagte er erwachsen:

"Ich lege mich jetzt am besten aufs Bett."

Er begann, sich aufzusetzen und sie stützte ihn. Dabei war sie nicht nur liebevoll, sondern auch sicher und voller Kraft. Und dann kniete er auf dem weißen Keramikboden neben dem Putzeimer und sie hatte ihre Hand in seiner Achselhöhle um ihm aufzuhelfen. Und Falkner spürte die Versuchung, diese Hand an sich zu reißen und sie zu küssen, sich ihr zu unterwerfen wie einer Königin, auf dem Fußboden vor ihr zu kriechen. Aber er stand brav und vernünftig auf und ließ sich die zwei, drei Schritte zum Bett geleiten. Dort half sie ihm, sich hinzulegen. Sie zog die leichte Decke über seine Beine.

"Wünschen Sie einen Arzt, Sir?"

Falkner antwortete, dass es ihm wieder gut ginge und dass es nicht nötig wäre. Und er sah in ihren Augen, dass sie seine Meinung teilte. Oder war es ihr einfach gleichgültig?

"Ich mache hier noch fertig, Sir, es geht ganz schnell. Und wenn es Ihnen recht ist, schaue ich in einer halben Stunde nochmals herein, Sir. Wäre Ihnen das recht, Sir?"

"Oh ja, bitte." Falkner war glücklich wie ein Kind, dass sie wiederkommen wollte. Aber als sie dann kam, schlief er tief und fest.

'Armer, alter Mann', dachte sie, als sie ihn liegen sah. Und sie hielt ihre Hand über sein Herz ohne ihn zu berühren. Dabei spürte sie seine Ausstrahlung und wunderte sich über deren Stärke. Sie verstand, dass er kein armer alter Mann war. Sie murmelte merkwürdige Worte, die wie Beschwörungsformeln klangen und die sie selber nicht mehr richtig verstand. Und dann spürte sie, wie die Kraft in ihn zurückkehrte und sich in seinem ganzen Körper ausbreitete wie eine warme Woge aus reiner Lebendigkeit.

Helen wartete an diesem Tag vergeblich auf Falkner. Und Mercedes sagte zu ihrem Gefährten, der gerade dabei war, die Fische für das kleine Restaurant zu putzen: "Die Weißen ertragen einfach unser Klima nicht. Ich weiß nicht, warum sie kommen. Sie ertragen es nicht. Heute ist wieder einer ohnmächtig geworden."

Doch Manuel antwortete nicht. Er warf die Fischabfälle hinaus in den Sand und ein Schwarm von Möwen stürzte sich kreischend darauf.

13

Ein steinerner Schlaf hielt Falkner gefangen, bis er plötzlich mitten in der Nacht aufschreckte. Er taumelte auf den Balkon und ließ sich schwer in den Sessel fallen. Der Himmel war dunkel wie Samt und die Sterne leuchteten heller, als er es je gesehen hatte. In den Parkanlagen brannten ein paar Leuchten, aber sonst war alles einsam und still. Selbst das Meer schien träge und ruhig. Kein Zweig im Park bewegte sich.

Der alte Mann saß bewegungslos und versuchte nicht einmal zu verstehen, was mit ihm los war. Er ließ seine Empfindungen vom Vormittag wiederaufleben und fühlte, wie er im Schoss dieser Frau gelegen hatte. Es war so gut gewesen! Und jetzt hatte er nur einen Gedanken und eine Sehnsucht, nämlich in ihrer Nähe zu sein um dieses Wohlgefühl erneut zu erleben. Er schmiedete Pläne, wie er mit ihr zusammentreffen könnte, was er mit ihr unternehmen wollte. Dann erst fragte er sich, ob sie überhaupt einverstanden sein wurde. War sie verheiratet? War sie frei? Dann plötzlich fühlte er sich wieder in ihren Armen und vergaß alle Probleme. Um etwas später an sein Alter zu denken. Und das wiederum machte ihn traurig und zerknirscht.

Das Rad der Gedanken drehte sich während Stunden. Endlich dämmerte der Morgen.

Falkner war früh unten am Frühstücksbuffet und häufte sich Rührei und Würstchen auf den Teller. Auch eine gegrillte Tomate fischte er sich von der Platte und einen separaten Teller belegte er mit Toast und Käse und Butter. Er fühlte sich hungrig wie schon lange nicht mehr. Er verspürte eine merkwürdige Lust, zu beißen, zu zerreißen. Ein Wolfsappetit auf das Leben hatte ihn gepackt. Er aß am Swimmingpool und genoss die hellen Sonnenflecken, die auf dem türkisfarbenen Wasser tanzten. Er fühlte den Raum um sich, und wie dieser durchschnitten wurde durch die Wege der Kellner und der anderen Gäste. Und das zarte Wedeln der Palmen, die sich über ihm sanft im kaum merklichen Wind bewegten, empfand er auf seiner Haut wie ein zartes Streicheln. Er ließ sich, mit all den Bewegungen um sich, wiegen vom unendlichen, mütterlichen Raum.

Er bestrich seinen Toast und sah voll Interesse zu, wie die Butter schmolz und im lockeren Brot versickerte. Jede Einzelheit fiel ihm an diesem Morgen auf und entzückte ihn. Er liebte die Rauheit der Brotkruste an seinen Fingerspitzen, den leichten Knoblauchduft, der aus den Würstchen aufstieg, die Stimmen, die wie durch Watte gedämpft, zu ihm drangen und die sich freundliche Worte zuzurufen schienen. Falkner war in Trance.

Nach dem Frühstück ging er in die Boutiquen des Hotels. Er kaufte ein teures, großes Seidenfoulard mit einem wilden, tropischen Blumenmuster. Danach eine große Flasche Parfum, ein Duft, den er nicht kannte, der aber auf der Hand der Verkäuferin verführerisch roch: eine Mischung aus Tropenblumen und dem Duft, der durchs Haus gezogen war, wenn seine Großmutter Plätzchen buk.

Es war immer noch früh, als er schon wieder in sein Zimmer zurückkehrte und auf dem Balkon Platz nahm. Er musste noch eine ziemliche Weile auf den Zimmer-Service warten. Aber dann klopfte es endlich und Falkner setzte sich so, dass er einen guten Überblick über sein Zimmer hatte. Drei Frauen kamen in den Raum. Die kleine Schwarze mit den dicken Ponyfransen, die Falkner kannte, Eela mit dem Putzeimer und eine schlanke, sehr junge Frau, an der die Jahre noch keine Spuren hinterlassen hatten.

Zwei der Frauen bezogen zusammen das Bett. Sie erneuerten die Laken mit aufeinander abgestimmten Bewegungen, die aussahen wie ein einstudierter Tanz. Eela machte sich im Badezimmer zu schaffen, wo sie Gläser klirren und Wasser rauschen ließ. Als das Bett fertig war, zupfte die Junge die Vorhänge zurecht, während die mit den Ponyfransen abstaubte und die Möbel an den vorgeschriebenen Platz rückte. Dann gingen sie hinaus, die eine mit einem Ballen Wäsche unter dem Arm, die andere mit zwei Gläsern, aus denen Falkner in der Nacht Wasser getrunken hatte.

Und dann kam Eela aus dem Badezimmer, den Eimer in der Hand, um den Boden aufzuziehen.

Falkner trat ins Zimmer. Er versteckte seine Befangenheit, so gut er konnte, aber er konnte es nicht gut. Er trat hastig auf Eela zu und sagte seinen im Voraus vorbereiteten Satz so schnell, dass er fast unfreundlich klang:

"Ich wollte mich bei Ihnen bedanken. Ich habe Ihnen zum Dank ein kleines Geschenk gekauft."

Sie stellte den Eimer hin und blickte ihm gerade in die Augen. In ihrem Blick waren weder Schüchternheit noch Spott, sondern ein großes, neugieriges Interesse. 'Wer bist Du', schien dieser Blick zu fragen, 'woher kommst Du und was willst Du? Und Falkner schien es, als ob in jeder dieser Fragen auch schon die Antwort enthalten wäre. Er fühlte sich erkannt und durchschaut und verlegen wie ein Junge von vierzehn Jahren.

Aber Eela ließ sich nichts anmerken. Sie blickte ihn immer noch an. Ganz langsam wurden ihre Lippen breiter und begannen zu lächeln. Aber es war ein seltsames Lächeln. Es suchte keinen Kontakt, stellte kein Einvernehmen her, war keine Spur von kokett, nur einfach freundlich und lieb. Ein Lächeln voller Anteilnahme, wie Frauen es auf fremde Kinder richten oder auf junge Tiere im Zoo. Falkners Verlegenheit wuchs, aber merkwürdigerweise störte sie ihn nicht, im Gegenteil, er genoss das Gefühl. Denn es war verbunden mit einem unglaublichen Mut, einer Kraft und einem Glauben an das Leben, die er für immer verloren glaubte, seit damals, als seine Mutter plötzlich erkrankte und für Monate in Spitälern und Heilanstalten verschwand. Und als sie zurückkam war sie farblos und unfroh und trug einen nicht enden wollenden Vorwurf in den kaum geöffneten Augen, den der damals kaum zehnjährige Falkner nicht verstand.

"Sir?" fragte Eela in seine Gedanken, weil sie offensichtlich nicht verstand, was er von ihr wollte. Und diese distanzierte Anrede schmerzte ihn heftig. Nun hatte er auch keinen Satz mehr bereit.

Er räusperte sich. "Ich bin Ihnen so unendlich dankbar...Wegen gestern", fügte er an, als sie ihn weiter offen, aber bewegungslos, betrachtete. "Ich weiß nicht, was es war. Eine Erinnerung hat mich übermannt. Ich habe Ihnen etwas gekauft. Ich möchte....ich wollte......wissen Sie..." Falkner verhedderte sich endgültig.

Er schnappte nach den beiden Geschenkpäckchen, die auf dem Tisch lagen und hielt sie Eela entgegen. Diese stand immer noch unbeweglich. Und vielleicht war es das, ihre Ruhe, ihre offene Freundlichkeit, die nicht auf ihn zu reagieren schien, die ihn gleichzeitig verrückt und mutig machte, jedenfalls hörte er sich plötzlich sagen:

"Ich möchte Sie wieder sehen. Ich liebe Sie."

Er brach ab, erschrocken über sich und seine Worte und wollte nun seinerseits erstarren, aber Eela streckte die Arme aus und nahm endlich die Päckchen entgegen. Sie lächelte ihn an wie die Sonne selber und in ihren Augen war Verständnis und Zustimmung und Bereitschaft, als sie nun sagte:

"Aber Sie sehen mich doch jeden Tag hier, Sir."

Sie hielt die Pakete nah an ihrem Körper und sah aus wie ein kleines Kind, wie ein ganz kleines Kind, aus dessen Augen die vorgeburtliche Weisheit noch nicht verschwunden ist.

Falkners Hochgefühl war verschwunden. Er fühlte sich plötzlich verloren und hoffnungslos. Und so sagte er, leise und fast ohne Ton:

"Ich meine nicht hier, nicht so. Ich möchte mit Ihnen ausgehen, mit Ihnen sprechen, mit Ihnen sein. Kann ich Sie nicht einladen? Was immer sie möchten, kann ich nicht...?"

Endlich schien sie zu verstehen. Wieder lächelte sie und Falkner sah nun in den Schatten ihrer Augenwinkel ein paar verführerische Fältchen.

"Wir können uns um drei treffen", sagte sie. "Wenn Sie das wünschen. Kommen Sie hinunter zum Strand. Ich warte vor dem kleinen Restaurant."

Dann legte sie die Päckchen wieder auf den Tisch und griff nach Mopp und Eimer. "Darf ich jetzt sauber machen, Sir?"

Dies schnitt ihm ins Herz. Er wusste sich nicht anders zu helfen, wendete sich ab und verzog sich auf den Balkon.

"Um drei", murmelte er, "großartig. Ich werde da sein."

Er ließ sich in den Sessel fallen und fühlte sich schwer und erschöpft. Die Aufregung und Erwartung waren in sich zusammengesackt und hatten einer grauen Dumpfheit Platz gemacht. Diese Frau war so fremd. Und er benahm sich wie ein Idiot. Das war klar. Er war irgend einem Hirngespinst aufgesessen und hatte sich in eine merkwürdige Lage gebracht. Er hasste sich und die Situation. Etwas in ihm begann zu rasen. Ein wilder Zorn fuhr durch seinen Körper. Er hätte die Atombombe zünden und die Welt in die Luft jagen wollen. Sich und alles vernichten, dreinschlagen, boxen, zerstören. Jetzt. Der Schmerz war so groß, dass er beinahe aufschrie. Falkner erkannte nicht, was mit ihm los war. Er begriff nicht, dass er sich abgelehnt fühlte und darum ausrastete. Er realisierte nicht, dass er seit Jahren und Jahrzehnten nie mehr Nähe gesucht hatte, weil er sich fürchtete, zurückgewiesen zu werden. Und er wusste nicht, dass er es an diesem Morgen trotzdem gewagt hatte und noch einmal verletzt worden war, wie damals, als seine geliebte Mutter sich von ihm abkehrte und eine Fremde wurde.

Falkner brauchte Bewegung. Er musste raus. Er beschloss schwimmen zu gehen. Als er ins Zimmer ging, um sich umzuziehen, bemerkte er nicht einmal, dass die Geschenke vom Tisch verschwunden waren.

14

Falkner hatte sich fest vorgenommen, keinesfalls zu früh am Strand unten zu sein. Zwar war er schon lange angezogen und bereit, aber er ging erst in der allerletzten Minute. Trotzdem war er noch vier Minuten zu früh. Und Eela verspätete sich ein bisschen, so dass er, wie ihm schien, ewig auf sie warten musste. Würde sie kommen? Oder stand er einfach hier und machte sich entsetzlich lächerlich?

Er betrachtete die zwei Schilder vor dem kleinen Restaurant: "Täglich: Was das Meer an frischen Früchten bietet!" Und: "Happy Hour um 17 Uhr. Heute Pina Colada." Daneben ein verbeulter Abfallkübel, um den herum bunte Eiscremepapierchen und Zigarettenstummel verzettelt waren. Kein schöner Anblick. Falkner blickte hinaus aufs Meer, das sich unter der unerbittlichen Tropensonne träge wiegte.

Dann kam Eela. "Hier bin ich, Sir."

Falkner war einmal mehr von dieser Ansprache irritiert, wusste aber im Moment nicht dagegen anzugehen.

"Sehr schön." Er schien fast ein bisschen zerstreut. "Wohin möchten Sie denn gehen? Sollen wir in die Stadt fahren? Oder möchten Sie zuerst etwas trinken?"

"Danke, nein", antwortete sie unkompliziert, "ich habe gerade eben getrunken. Ich würde sehr gerne zum Drachenbaum gehen, Sir, um zu sehen, ob seine Früchte reif sind."

Falkner stutzte, war aber einverstanden. "Wo ist denn dieser Drachenbaum?"

"Ach, nur etwa eine halbe Stunde von hier im Wald."

Und so gingen sie. Zuerst ein Stück dem Strand entlang. Dann schlüpfte Eela plötzlich zwischen zwei Sträuchern mit riesigen Blättern durch und sie standen im Dämmer des Waldes auf einem schmalen Pfad, den Falkner bei seinen bisherigen Spaziergängen nicht bemerkt hatte. Die dicken Stämme der Baumriesen standen ziemlich weit auseinander, dazwischen aber wucherte vielblättriges Gestrüpp in verschiedenen Grüntönen, zum Teil von Schlingpflanzen überwuchert, an denen sich einzelne rote Blüten aufgesperrten wie dicke Mäuler aus Kerzenwachs. Die Geräusche waren gedämpft, aber noch hörte man das Meer weit draußen rauschen.

Eela ging voran und Falkner bewunderte ihr rotes Haar, das auf dem Rücken bei jedem Schritt mitwippte. Sie trug ein großes T-Shirt mit buntem Aufdruck und eine knappe, schwarze Hose, die bis Mitte ihrer Waden ging, so dass ihre schlanken Fesseln zu sehen waren. Ihr Gang war leicht, fast schwebend. Sie überwand die Hindernisse und Unebenheiten des Bodens, ohne je zu schwanken oder einzuknicken.

Beide waren still. Falkner hörte sich selber atmen und hasste dieses Geräusch. Er wünschte sich, so weich und harmonisch zu gehen wie Eela. Er hätte sich am liebsten aufgelöst in der weichen Bewegung ihrer Schritte. Aber er fühlte sich schwer und laut wie ein Walross.

Plötzlich schrie, sehr nahe, ein Vogel im Gebüsch. Es war ein lauter, nicht sehr schöner Schrei, wie der eines Pfaus. Eela blieb stehen und drehte sich zu Falkner: "Mein Freund begrüßt uns." Falkner antwortete nicht. Sie streckte die Hand nach ihm aus, als ob sie auf ihn warten, ihn beim Gehen unterstützen müsste. "Das ist ein gutes Zeichen." Sie blieb stehen und flüsterte sie, als Falkner nahe war: "Er mag Sie."

"Was ist das für ein Vogel?" fragte Falkner, ebenfalls flüsternd.

"Wir nennen ihn den Traumvogel. Dass er Sie begrüßt, bedeutet, dass Sie ein Teil meines Traumes sind."

Sie lächelte ihn an mit einer Süße, die Falkner ins Schwitzen brachte. Und zum ersten Mal hatte er das Gefühl, dass sie ihn wirklich angeschaut und zur Kenntnis genommen hatte.

Sie gingen still weiter, aber etwas hatte sich verändert.

Nun schienen sie eine Einheit zu sein, verbunden durch einen Kokon an Beziehung, an Wissen umeinander, das aber noch so unklar war, dass sie es nicht richtig erfassen konnten. Aber sie gingen im Takt, ohne es zu merken, und atmeten im gleichen Rhythmus.

Eine Lichtung öffnete sich. Das Sonnenlicht fiel grün gefiltert auf die Blätter, deren Ausdünstung wie leichter Nebel auf ihnen lag und einen Hauch bildete, der sie von der Welt trennte: Falkner fühlte sich in eine andere Realität versetzt. Dazu kam der süße Duft einer verborgenen Pflanze, die ihn zu betäuben schien.

"Das ist das Große-Weite-Kraut", flüsterte Eela, die seine Gedanken zu lesen schien. Nahm er sie bei der Hand, nahm sie die seine? Jedenfalls gingen sie nun Hand in Hand nebeneinander her und Eela begann bedächtig und mit fast singender Stimme zu sprechen.

"Vor langer Zeit, als die Ahnen noch mit uns lebten, gab es nur Friede und Freude unter den Menschen. Sie wussten, dass es nur eine einzige Kostbarkeit gab auf der Welt, die Einheit, und darum stritten sie nicht und beneideten sich nicht. Alle liebten alle und es gab keine Eifersucht. Damals lebte ein Mann – wir nennen seinen Namen nie – der wurde auf der Jagd durch einen herabfallenden Ast verletzt. Manche sagen, er sei verrückt geworden, aber die Ältesten wussten, dass er einfach zu denken angefangen und zu fühlen aufgehört hatte, jedenfalls konnte er nicht aufhören, sich zu fragen, wieso ihm das passiert sei. Und er sagte sich: 'Wenn es möglich ist, dass mich ein Ast verletzen kann, wie viel möglicher ist es, dass mich ein Mensch verletzt. Und: 'Wenn man sich überhaupt verletzen kann, dann ist der ganze Friede und die ganze Freude nichts wert. So dachte er nach und wurde immer einsamer und trauriger und er konnte die Einheit von allen und allem nicht mehr fühlen. Er zog sich zurück. Zuerst schlief er lange Jahre in einer Höhle, dann baute er sich eine Hütte im

Wald. Niemand wagte es, zu ihm hin zu gehen, denn er war böse mit sich und der Welt. Eines Tages war er verschwunden und dort, wo seine Hütte gestanden hatte, wuchs ein Baum, wie man ihn bisher bei uns noch niemals gesehen hatte. Zuerst war er schlank und jung, aber im Lauf der Jahrhunderte wurde er mächtig und dick. Es gibt nur diesen einen hier auf dieser Insel. Als die Zeit reif war, gab er viele, dicke Früchte, aber niemand wagte es, sie zu essen. Sie sagten, dieser Baum sei böse und seine Früchte seien giftig. Aber eines Tages ass ein kleines Kind eine solche Frucht und es geschah ihm nichts. Im Gegenteil, es wurde ein besonders schöner junger Mann. Danach probierten auch andere Leute die Frucht und wieder geschah ihnen nichts. und was zuerst eine Mutprobe war, wurde plötzlich zur Gewohnheit. Alle, vor allem die Männer, assen vom Drachenbaum. Sie behaupteten, er sei gut für sie und die Liebe. Dann, als die Amerikaner kamen und man plötzlich alles im Supermarkt kaufen konnte, vergaßen sie den Drachenbaum. Niemand holt mehr seine Früchte. Aber ich, ich liebe sie. Ihr Geschmack erinnert mich an früher, als alles noch anders war. Darum gehe ich jedes Jahr um diese Zeit in den Wald um nach seinen Früchten zu sehen."

"Und warum heißt er Drachenbaum?" fragte Falkner.

"Das ist der Name der Amerikaner." Eela sagte es ohne jede Betonung. "Wir sagen ihm: Der Baum ohne Namen. Weil wir auch jenem Mann den Namen nicht mehr geben." Und nach einer kleinen Pause: "Wie heißt eigentlich Du?"

Sie sprachen englisch zusammen und trotzdem fühlte Falkner, dass sie ihn nun duzte, dass sie näher an ihn herangerückt war, jetzt, wo er die Weichheit ihrer Hand zwischen seinen Fingern fühlte und sie nicht zu kosten wagte, aus Angst, sie würde ihm ihre Hand wieder entziehen. Und hatte Eela jetzt nicht auch aufgehört, dieses dienerische "Sir" zu benutzen, das sie in seinen Augen so weit hinunter zog?

Falkner wurde einen Moment ganz traurig. "Mir hat schon so lange keiner mehr meinen Namen gesagt, dass ich ihn schon fast nicht mehr kenne. In meinem Pass steht Falkner, Ernst Falkner."

Eela war stehen geblieben und hatte sich zu ihm gekehrt. Und nun blickte sie ihm gerade in die Augen, und Falkner kam es für einen Moment so vor, als ob sie gewachsen wäre und ihre Augen auf gleicher Höhe wären. Und mit großer Sicherheit sagte sie: "Ich werde Dir einen Namen geben. Nachher."

Und Falkner fühlte mit großer Dankbarkeit, dass er ein Geschenk erhalten hatte.

Dann verschmälerte sich der Weg und Eela ging wieder voran. Falkner folgte ihr wie in Trance und warf dabei Blicke auf ihren Rücken, die sie in sich eindringen fühlte und genoss, wie ein warmes Bad.

Endlich sahen sie zwischen dem vielen Grün ein breites Stück Grau, es wirkte von weitem wie eine Mauer, wie ein alter Turm. Sie waren beim Drachenbaum angekommen. Nach Falkners Gefühl war weit mehr als eine Stunde vergangen, aber er schaute nicht auf die Uhr. Die Zeit schien sich gedehnt zu haben.

Dieser Baum war ein beeindruckendes Wesen. Sein knorriger Stamm war dick wie ein kleines Haus. Es hätte mehrere Männer gebraucht um ihn umspannen zu können. Die Rinde war ziemlich glatt, aber viele verschiedene Wülste überzogen den Stamm und gaben ihm ein runzeliges Aussehen. Die Äste, mit runden Blättern, waren elastisch wie Haar und hingen schwebend herunter. Sie bewegten sich wie eine Gazewolke im Wind. Ein seltsamer Geruch hing in der Luft und das Geraschel und Geraune der Insekten schien hier verstummt.

"Das ist schon ein ganz besonderer Ort", murmelte

Falkner. Doch Eela legte ihm den Zeigefinger an die Lippen.

"Keine Namen hier", wisperte sie und fuhr dann mit lauter Stimme fort: "Also, nun wollen wir die Früchte kosten." Sie griff in einen der weichen Äste und erst jetzt sah Falkner, dass zwischen den Blättern, und kaum von ihnen zu unterscheiden, runde Früchte hingen, grüne Kugeln mit der gleichen mattgrünen Farbe, wie sie die Blätter zeigten. Eela ging zum dicken Baumstamm und schlug mit der Frucht dagegen, dann brach sie diese auf, wie man einen Apfel entzwei bricht. Sie reichte Falkner eine Hälfte. Er sah weißes Fleisch, gläsern wie nasser Schnee und darin eingebettet ein paar schwarze, glänzende Kerne, die das Licht wie Kristalle reflektierten. Ein säuerlicher, zusammenziehender Geruch zog Falkner durch die Nase. Er fing einen Tropfen vom Saft, der an seinen Fingern herunterlief, mit seiner Zunge auf und war erstaunt über dessen Süße. Es war die dickste Süße, die er je gekostet hatte. Doch sie war mit einer herben Säure sanft vermischt, so dass sie nichts Klebriges hatte, nichts, was Widerstand auslöste.

"Iss", sagte Eela, die ihn beobachtete, und machte es ihm vor. Sie nahm einen Bissen wie von einem Apfel, kaute ihn genüsslich und spuckte dann ein Stückchen Schale aus. Falkner machte es nach.

Seine Zähne drangen zögernd und langsam in das saftige Fleisch und er fühlte, wie Saft seine Lippen benetzte. Er trank ihn nicht, sondern ließ ihn auf das Kinn rinnen und genoss das leichte Kitzeln der Tropfen. Dann stießen seine Zähne durch das widerstandslose Fleisch und auf die Schale, die hart war und entschlossenes und bestimmteres Zubeißen verlangte. Falkner zerdrückte den Bissen auf seiner Zunge, spürte die Zellen voller Säfte platzen, vermischte sie lustvoll mit seinem Speichel und wartete mit Schlucken, bis sein Mund so voll Saft war, dass er es nicht mehr vermeiden konnte. Plötzlich blickte er Eela an und sah, dass sie ihn mit lachenden, verführerischen Augen beobachtete. Ohne Besinnung ging er auf sie zu, die lachend und lockend zurückwich, bis der Baum sie zum Stehen zwang. Falkner drückte sie gegen die Wülste des Stammes, als er nun gleichzeitig sie und den Baum umarmte und ihren Mund nahm, wie vorher die Frucht, Weiche und Widerstand kostete, die Säfte schmeckte und alles zusammen in einer Explosion der Lust verschmelzen ließ. Die Zeit dehnte sich aus, unendlich zurück bis zum Urknall und unendlich vorwärts, bis zum zukünftigen Einsturz des Universums.

Schließlich sank Falkner erschöpft in sich zusammen und glitt an ihrem Körper entlang auf die Knie, sein Gesicht an ihr Geschlecht pressend. So blieben sie, ganz still, kaum atmend. Aus Eelas geschlossenen Augen quollen zwei dicke Tränen und zeichneten glänzende Pfade auf die samtene Mattheit ihrer honigfarbenen Wangen. Und Falkner rührte sich nicht, auch nicht, als nun ein tiefes Schluchzen ihren Körper zu schütteln begann. Wie von Atemnot beengt, berührte Eela hilfesuchend ihren Hals, wo sie an einer Schnur eine Seeschnecke trug. Sie fasste diese mit festem Griff und versuchte verzweifelt, sich an ihr festzuhalten. Und dann, mit einem plötzlichen Kraftausbruch, riss sie sich die Schnecke vom Hals und zerdrückte sie in ihrer rechten Hand. Das Knirschen und Splittern weckte Falkner aus seiner Versunkenheit. Er öffnete ihre verkrampfte Faust, in der zwischen den Scherben der Schale das Blut hervorschoss und begann ihre Wunden zu küssen und ihr Blut zu trinken. Sie aber riss die Hand los und legte sie auf seine Stirn und sagte lautlos und doch sehr deutlich:

"Dein Name sei Ram."

Dann wurde sie ohnmächtig. Und nun hielt Falkner

sie im Schoss, wie sie ihn gehalten hatte. Auch er ruhig abwartend, wissend, dass alles seine Richtigkeit hatte. Und während er hier saß und sich die grünliche Dämmerung verdichtete, trocknete die Blutspur auf seinem Gesicht.

15

Bereits früh am Morgen hatte es Falkner zum Bett hinaus getrieben. Er schwamm weit hinaus, ganz offen für das zarte Rosa, das den Himmel überzog und den Aufgang der Sonne ankündigte. Dann legte er sich für eine Weile in den noch kühlen Sand und genoss die kleinen Wellen, die an seinen Zehen leckten. Falkner träumte vor sich hin. Er sah sich als jungen Mann mit seiner ersten Frau und studierte die Maske, die er damals getragen hatte: Männliche Überheblichkeit, hinter der sich nichts als schiere Angst verbarg; freche Leichtigkeit, die Scheu und Scham verdecken sollte. Und Olga, die, das wusste er heute, so zart und sensibel war, dass sie alles durchschaute. Und alles wehrlos hinnahm. Auch die Krankheit, der sie sich schließlich, nach kurzem Kampf unterwarf. Und dann spürte er sich, den Mann von gestern Nachmittag und heute Morgen, der nichts mehr zu verlieren und nichts mehr zu verbergen hat. Ein Mann, der seinem Gefühl und seinen Regungen folgt und voller Verwunderung und Bestürzung den inneren Aufruhr beobachtet und die Handlungen, die dieser auslöst. Er fühlte sich wie der Baum, unter dem sie gestern gestanden hatten, alt, stark, tief verwurzelt und bewegungslos, hingegeben an ein Schicksal, eine Begegnung, eine Person. Und an eine Geschichte, die sich ohne sein Zutun abzuwickeln schien.

Um acht stand er bereits voller Appetit am Frühstücksbuffet. Es war noch kaum jemand da und alles war so still, dass das Rascheln der Palmwedel und das Plätschern des vom Wind bewegten Wassers im Swimmingpool deutlich in Falkners Bewusstsein drangen. Nur manchmal wurde die Ruhe des Morgens durch den Ausruf eines Kellners durchschnitten oder durch das Klirren von Geschirr oder das Scheppern eines Metalldeckels, unter dem sich kleine Bratwürstchen, gegrillte Tomaten und Rühreier verbargen.

Falkner aß voller Lust und ließ sich auch nicht ablenken, als Helen kam, ihn mit unsicheren Blicken suchte und ihn mit einer leichten Röte im Gesicht begrüßte. Es war unvermeidlich, dass sie sich zu ihm setzte, und Falkner fühlte sich nicht einmal gestört, so sehr war er mit seinen eigenen Gedanken beschäftigt. Helen merkte bald einmal, dass dies kein günstiger Moment für ein Gespräch sei und strich sich ihr Knäckebrot in stiller Distanz. Dann entschuldigte sich Falkner. Er ging auf sein Zimmer und gab ihr keine Gelegenheit, irgend etwas vorzuschlagen.

Machte Falkner heute sorgfältiger Toilette als sonst? Eigentlich nicht. Doch als er sich im Spiegel sah, wie er seine Wangen überprüfte, ob sie auch schön glatt rasiert seien, da musste er doch für einen Moment lachen. Er fühlte sich wie ein Junge, der bei einem Streich ertappt wird. Als er mit sich zufrieden war, setzte er sich auf den Balkon und wartete, dass die Zeit verging. Er hatte seinen Stuhl so hingestellt, dass er ins Zimmer hineinsehen konnte.

Und dann kam der Zimmer-Service und es war alles wie immer. Eela verschwand im Bad, ihre beiden Kolleginnen machten das Bett und schubsten die Möbel herum, als ob er sie mutwillig verstellt hätte. Dann verabschiedeten sie sich. Eela kam aus dem Bad, um den Boden aufzuwaschen. Sie lächelte ihn breit an:

"Bleib wo Du bist, bleib wo Du bist. Ich muss jetzt

arbeiten. Wenn ich fertig bin, komme ich zu Dir hoch, wenn Du willst."

"Wann?" fragte Falkner, der sich nur mit Mühe zurückhalten konnte, die unsichtbare Grenze aus nassen, frisch geputzten Bodenplatten nicht zu betreten, "wann kannst Du kommen?"

"Zwischen eins und zwei." Es schien ihr nichts auszumachen, dass sie noch so lange warten musste. Sie sah ihn geradeaus und fröhlich an, sehr vertraut, sehr offen. Aber es war nichts von dem Drängen und Reißen zu spüren, das bis an die Grenze des Erträglichen in ihm zerrte. Er hielt sich am Fensterrahmen fest und sagte:

"Eela, ich warte."

Und das sagte er so ernsthaft und fest, dass das Lachen aus ihrem Gesicht wich. Sie verschloss sich nicht, aber sie spürte, dass dies keine Situation zum Scherzen war.

"Leb wohl, Ram", flüsterte sie, drehte sich weg und ging.

Und wieder saß Falkner und saß und wartete. Wie viele Stunden hatte er wohl in den letzten Tagen auf diesem Balkon verbracht? Wartend und wartend auf etwas, das er nicht zu benennen wagte. Denn er wollte sich nicht eingestehen, dass es möglich sei, dass sich ein Mann in seinem Alter verliebt. Er hatte es vorgezogen, sich gar nicht zu fragen, was er fühle. Er ließ sich in einer seltsamen Dumpfheit treiben von Impulsen, die sich zuerst an einem Gesang festgeklammert hatten, dann am rotgoldenen Schein gelockter Haare, und die jetzt selbstverständlich voraussetzten, dass es für Falkner nichts Wichtigeres gab, als auf diese Frau zu warten. Eine Frau, von der er nichts wusste als ihren Namen und wie ihre Lippen schmeckten.

Er lag auf dem Bett, als sie endlich zurückkam. Er musste in einen leichten Schlaf gefallen sein, der ihn über die stundenlange Wartezeit hinweggetragen hatte. Das Geräusch des Schlüssels im Schloss und das Klappen der Tür ließen ihn aufschrecken, aber er hatte nicht einmal Zeit, sich aufzusetzen, denn schon war Eela bei ihm, setzte sich auf den Bettrand und strich mit zarter Hand über seinen nackten Arm, der aus seinem neuen, rosa T-Shirt ragte.

"Hallo." Ihre Stimme war wie Vanille-Eis auf heißem Apfelkuchen, und ein Zimtduft schien durch das Zimmer zu schweben. Ihr Gesicht war so nahe, dass es vor Falkners Augen verschwamm. Er sah undeutlich ihre Augen wie zwei entfernte Teiche im Gold ihres Gesichts und ihrer Haare schweben.

Falkner brachte kein Wort heraus. Er griff nach ihrem Nacken, mitten in das dichte, lockige Haar und zog ihren Kopf an seine Brust. So lagen sie und Eela ließ sich vom Auf und Ab seines Atems wiegen. Und Falkner fühlte sich wie einst, als er mit zwölf Jahren zum ersten Mal zur Kommunion gegangen war und voller Ehrfurcht und Andacht vom Leib des Herrn gekostet hatte. Nun machten ihn dieser Kopf, dieses Gewicht auf seiner Brust, dieser Duft in seiner Nase, diese Leichtigkeit des Augenblicks glücklich und fromm.

Endlich bewegte sich Eela. Sie bettete sich bequemer neben Falkners ausgestreckten Körper. Dann lagen sie wieder bewegungslos, fast ängstlich darauf bedacht, den heiligen Moment nicht aufzubrechen. Doch dann begann Eela mit ganz kleinen Handbewegungen über Falkners Brust und Arm zu streicheln, immer wieder, gleichförmig und mechanisch, als ob sie ein Hündchen streichelte, das beruhigt werden müsste. Falkner drückte sich enger an sie und suchte ihren Mund. Er berührte ihn mit sanften, winzigen Bewegungen, als ob er mit seinen Lippen kleine Blumen pflücken wollte. Und die Weichheit und Zartheit dieser Bewegung entzückte sie beide so sehr, dass sie schließlich in einem tiefen, langen Kuss versanken, der Falkner vorkam, wie eine Reise auf den Grund des Meeres, zu den letzten Geheimnissen der Unterwelt.

Als sie nach unendlichen Minuten auftauchten, lachten sie sich in ihre verschwimmenden Augen.

"Möchtest Du etwas trinken?" fragte Falkner und begann, sich aufzurichten. Aber Eela hielt ihn zurück und sagte:

"Ich möchte Dich trinken und ich möchte von Dir getrunken werden." Eela sah munter in Falkners Augen.

Er erschrak, löste sich von ihr und ging zur Minibar. Er fuhr fahrig zwischen den verschiedenen Flaschen herum und entschied sich für eine kleine Flasche Sekt. Dann suchte er umständlich nach Gläsern und löste langsam den Korken, als ob er Zeit gewinnen wollte.

Eela hatte sich aufgesetzt und beobachtete ihn vom Bett aus ernst und interessiert. Sie hatte bemerkt, dass er sich nicht nur körperlich von ihr entfernt hatte und dass er weiter weg war als die drei Meter zur Minibar.

Falkner kam mit der offenen Flasche und den Gläsern zu ihr zurück. Sein Lächeln war warm aber ein klein wenig schief.

"Komm, trink, Eela", sagte er. Und sie nahm ein Glas, lächelte ihn strahlend an und wartete, bis er ihr zutrank. Er setzte sich wieder. Sie tranken schweigend und langsam.

"Eela", sagte Falkner schließlich dumpf, "ich bin ein alter Mann. Ich habe schon seit Jahren mit keiner Frau mehr geschlafen, ich weiß gar nicht sicher, ob das noch geht."

Er wagte es nicht, ihr ins Gesicht zu blicken. Dabei sah sie ihn lieb und verständnisvoll an.

Sie nahm seine Hand und setzte ganz sanft viele kleine Küsse darauf. "Weißt Du, was mein Volk sagt?" Sie sprach sanft und mit Lachen in der Stimme. "Sie sagen: Im Sommer sind die Feigen saftig, prall und süß. Und im Winter sind die Feigen trocken, schrumpelig und süß. Wer möchte jemals ohne Feigen leben?" Sie lachte, bemerkte aber, dass Falkner sich nicht aufheitern ließ. Nun wurde ihre Stimme wieder ernst.

"Ich liebe Dich", sagte sie einfach, "mein Arm liebt Deinen Arm, meine Hand liebt Deine Hand, mein Kopf liebt Deinen Kopf und mein Geschlecht liebt Dein Geschlecht. Lass mein Bein Dein Bein lieben, lass meinen Bauch Deinen Bauch lieben. Lass mein Leben Dein Leben lieben." Und dabei legte sie ihm die Hand auf den Bauch und begann, ihn mit langsamen, kreisenden Bewegungen flüssig und sanft zu massieren. Dann fuhr sie auf der Außenseite seines Schenkel hinunter und kniete sich hin, um nun auch seine Wade und seinen Fuß kreisend mit sanftem Druck zu berühren. Und dann kehrte sie mit ihrer Hand den Weg aufwärts zurück, diesmal auf der Innenseite seines Beins und legte ihm schließlich ihre leichten Finger auf das Geschlecht, das sich wie eine Halbkugel unter dem Stoff seiner Hose anfühlte. Sie lächelte unwillkürlich. "Oh", flüsterte sie, "das fühlt sich ja herrlich an. Kommt alle, guckt und fühlt, was es hier Herrliches gibt." Und während Falkner regungslos vor Pein und Glück verharrte, zog sie am Reißverschluss, öffnete ihn im Zeitlupentempo und holte mit sicherem Griff sein Glied aus dem Slip, was leicht ging, weil es noch nicht bis zur Sperrigkeit steif geworden war. Sie streichelte es mit verklärtem Blick, als ob sie ein junges Kätzchen in den Händen hielte, das sie beschützen und nähren müsste und beugte sich schließlich, überwältigt von ihrer Liebe, darüber, strich sich damit über Wangen und Augenlider, um es schließlich erst zart, dann immer gieriger zu küssen. Und in Falkner zog sich die Energie zusammen und sammelte sich schließlich wie

in einem Blitz. Er erhob sich plötzlich, riss Eela fieber-
haft die Kleider vom Leib und drang in sie ein, als ob
sein Überleben davon abhängen würde.

16

Nun begannen paradiesische Tage. Falkner und Eela
waren in jeder freien Minute zusammen und liebten
sich zu jeder Zeit und an jedem möglichen Ort. Falkner
fühlte sich, als ob er zum ersten Mal wirklich lebte. Er
verging in den Sonnenflecken, die auf den schatten-
dunklen Blättern tanzten, wenn sie sich unter einem der
Dschungelriesen liebten. Er verschmolz mit der nach-
giebigen Härte des warmen Sandes unter seinem Rücken, wenn sie am Strand lagen und unter der
erbarmungslosen Tropensonne schwitzten. Er löste
sich unter Eelas schwebendem Körper auf, wenn sie
sich von den Wellen treiben ließen und immer wieder
nacheinander griffen.
"Bist Du verheiratet, Eela?"
"Eine Frau wie ich ist nicht verheiratet, Ram."
"Wo lebst Du, Eela?"
"Ich gehöre dem Fischer."
"Bist Du mit dem Fischer verheiratet, Eela?"
"Ich sage Dir doch, eine Frau wie ich ist nicht verhei-
ratet."
Und Falkner fragte nicht weiter. Er blickte in die
Sterne und vergaß, nachzudenken. Aber später fragte er
doch wieder. Und seine Frage ließ einen Schatten über
ihr Gesicht gleiten wie eine Schönwetterwolke, die über
den Sommerhimmel segelt.
"Hast Du Kinder, Eela?"
"Eine Frau wie ich hat keine Kinder."
"Was meinst Du mit 'eine Frau wie ich'?"
Eela starrte ihn lange Sekunden starr und ausdrucks-

los an, jedenfalls mit keinem Ausdruck, den Falkner hätte deuten können. Dann sagte sie mit einem Ernst, der ihm fast das Herz zerbrach, und mit einem Blick, der ihn in seinem Innersten brannte, leise:

"Das weißt Du doch, Ram."

Aber Falkner hatte alles vergessen, was er je von ihr gewusst und gedacht hatte. Es war, als ob sein wieder erwachter Körper seine Erinnerung zum Erliegen gebracht hätte, als ob es keine Geschichte, keine Vergangenheit und keine Zukunft gäbe. Und wie ein Schmetterling flatterte Falkners Aufmerksamkeit davon und setzte sich auf dem Glanz von Eelas Wimpern nieder, oder auf der samtenen Feuchtigkeit ihres Tailleneinschnitts, oder auf dem Schwung ihres Wadenmuskels.

Eines Abends nahm Eela Falkner mit in die Hütte, in der sie mit dem Fischer lebte. Dieser war ein dunkler, sehr schöner Mann, der gleichzeitig fast gefährliche Kraft und sanfte Gutmütigkeit ausstrahlte. Falkner fühlte sich plötzlich alt und bleich und schlecht. Dazu schüchterte ihn die Armut ein.

Die Hütte war nicht mehr als ein Bretterverschlag mit einem Dach aus Palmwedeln. In einer Ecke stand eine Holzkiste mit einer Matratze darauf, die als Bett diente. An der Wand darüber hingen ein paar T-Shirts, einige bunte Tücher und ein paar Jeans an Nägeln. Die Fenster waren mit bedruckten Tüchern verhängt.

In der Mitte des Raumes, an dessen Wänden ein paar Bambusregale die wenigen Habseligkeiten der Bewohner offenbarten, lag ein dünner, farbloser Bastteppich. Vor der Hütte stand ein roh gezimmerter Tisch mit festen Bänken unter dem Palmdach, daneben ein aus Lehm gebauter Herd, auf dem ein Topf mit einer kochenden Brühe stand.

"Willkommen, willkommen", Manuel sprach leidlich englisch, "willkommen in meinem bescheidenen Haus."

Falkner schüttelte Manuels Hand und ließ neidvoll bewundernde Blicke über den kantigen Oberkörper des Mannes streichen, der in den späten Dreißigern sein musste, aber den makellosen Körper einer griechischen Jünglingsstatue hatte. Seine braune Haut war ohne Fehler, glatt und kaum behaart.

Manuel goss mit schnellen Griffen schwarzbraunen Schnaps in große Bechergläser, drei Finger hoch. Es roch würzig süß und eklig nach verbranntem Öl.

"Cheerio", sagte er weltmännisch, und: "Sie mögen unsere Insel."

Falkner bestätigte es, lobte den blauen Himmel und das herrliche Meer und die Sonne, die so beständig schien aber gerade in angenehm erträglicher Hitze strahlte.

"Ja, es ist ein guter Ort. Und Mercedes ist eine gute Frau. Ich habe sie nun schon bald zwanzig Jahre bei mir."

Falkner erschrak. War das die Einleitung zu irgend etwas Unangenehmem? Aber Manuel sprach unverfänglich. Die Situation war vollständig entspannt und alles schien normal zu sein. Manuel erzählte dies und jenes, von den wenigen Ureinwohnern, die noch hier unten an der Bucht lebten, von den Schwierigkeiten, die die wenigen Einheimischen mit den Leuten vom Hotel hatten, "nicht mit den Gästen" betonte er dabei, sondern mit den Angestellten und dem Management, das so tat, als ob es die Alteingesessenen nicht gäbe. Dann sprach er vom Fischfang und wie früh er am Morgen jeweils hinausfahre. Er lud Falkner ein, ihn einmal zu begleiten, was dieser begeistert akzeptierte.

Während des ganzen Gespräches saß Eela still am Herd und rüstete Gemüse. Sie knipste die winzigen Würzelchen von einem Bündel von grünen Kräutern, halbierte Chilis und schälte Kartoffeln und blickte auch kaum auf, als Falkner sich von Manuel verabschiedete, mit dem Versprechen, morgen früh um drei mit ihm aufs Meer hinauszufahren.

Vor dem Schlafengehen genehmigte sich Falkner noch einen Schlummertrunk in der Bar. Der scharfe Brandy von Manuel hatte die Lust nach mehr ausgelöst. Er stand an der Theke und klimperte verschlafen mit den Eiswürfeln, als sich eine leichte Hand auf seinen Rücken legte.

"Wie bin ich froh, Sie zu treffen", sagte Helen. "Ich muss unbedingt mit Ihnen reden." Und zum Barkeeper gewendet, bestellte sie einen roten Port.

"Ich möchte nicht, dass Sie glauben, dass ich mich einmischen will", sie war eindeutig aufgeregt und hatte kaum genug Luft zum Reden, "aber jedermann hier in diesem Hotel weiß doch, dass Sie mit dieser Frau, mit dieser Insulanerin zusammen sind. Man spricht darüber, aber darum geht es wohl nicht."

Sie hielt inne, weil der Portwein serviert wurde und sie nicht wollte, dass der Kellner Zeuge ihrer Auseinandersetzung würde. Sie behielt aber ihre Konzentration ganz auf das Gespräch gerichtet und fuhr darum im selben Ton fort, als ob es keine Unterbrechung gegeben hätte.

"Aber Sie wissen doch, oder Sie müssten es doch zumindest wissen, wie die Frauen hier sind. Sie schlafen mit jedem." Jetzt trat Glanz in ihre Augen und ihre Wangen röteten sich vor Verlegenheit. Sie war aufgeregt, aber nicht empört. Falkner sah, dass sie wirklich beunruhigt war und sich Sorgen um ihn machte.

"Ich will nicht gerade sagen, dass sie Prostituierte sind", nun hatte sie ihre Stimme gesenkt, "sie wissen es nicht besser hier, es ist ein Überrest ihrer alten Kultur. Ihre Freundin", das Wort ging ihr nur mit Zögern über die Lippen, "sie – nun man sagt, sie hat sehr viele Männer gehabt. Ich meine, das ist ja ihre Sache, – aber", und jetzt wurde ihre Stimme wieder lauter und eindringlich: "Wissen Sie überhaupt, mit was Sie sich hier anstecken könnten?"

Falkner hatte kein Wort gesagt. Er betrachtete mit zunehmendem Erstaunen diese kleine, wohlerzogene Person, die sich in den Kopf gesetzt hatte, ihn zu retten. Er sah, wie schwierig es für sie sein musste, solch ein Gespräch zu führen, solche Wörter in ihren Mund zu nehmen. Natürlich spürte er auch die Eifersucht, die sie trieb, die niemals zu lösende Frage ‚Warum sie und nicht ich?‘ Er blickte in ihr kleines, aufgeregtes Gesicht, und es rührte ihn. Er drehte sich – er hatte immer noch einen Arm auf der Theke abgestützt gehabt – voll zu ihr, stellte das Glas ab und umarmte sie, hier in der Bar, vor allen Leuten, er umarmte sie ganz fest und drückte sie an sein Herz und sagte:

"Helen, Sie sind eine sehr liebe und sehr bewundernswerte Frau. Ich danke Ihnen von ganzem Herzen für ihre Warnung."

Und während er sie hielt und ihren kühlen, schlanken Körper mit dem warmen Fleisch von Eela verglich, während er die wattige Weichheit und den Schmelz suchte, aber nicht erspüren konnte, während sein Körper ihren vergeblich um eine Antwort bat, dachte er, und er wiederholte es immer wieder, immer freudiger und immer mehr wie einen stillen, tonlosen Triumphgesang: 'Ich bin angesteckt, ich bin angesteckt, ich bin angesteckt. Und er wusste es nicht, aber er ahnte, dass diese heftige Infektion mit Leben nur eine mögliche Heilung kannte: den Tod.

17

Das Boot schaukelte bedenklich und obwohl ein fast voller Mond blendend hell am Himmel stand, wirkte das Meer düster und gefährlich. Die Wellen waren hoch und immer wieder verschwand das Boot in der Schwärze der Wellentäler, wo das vom Mondlicht geblendete Auge nichts mehr wahrnehmen konnte. Manuel ließ sich aber nichts anmerken, sondern steuerte mit ruhigen Bewegungen das Schiff, das Falkner winzig wie eine Nussschale vorkam. "Verdammter Wind", schimpfte der Fischer, "ich kann das Netz nicht setzen, verdammter Wind." Und immer, wenn das Schiff auf einen Wellenkamm gehoben wurde, blitzte sein halbnackter Körper im Mondlicht auf.

Falkner gestand es sich nicht gerne ein, aber Tatsache war, dass er sich fürchtete. "Wir fahren da rüber", rief Manuel, als ob er Falkners Gefühle wahrgenommen hätte, "da ist es ruhiger."

Falkner verstand nicht, was er meinte. Er erlebte nur einfach das Auf- und Ab in der Nacht, das ihn schwindlig machte und an seinen Nerven zerrte. Aber er sagte sich, dass Manuel wohl wissen müsse, was er verantworten könne. Aber dann wieder misstraute er diesem dunklen, schweigsamen Mann.

Tatsächlich wurde aber mit der Zeit das Meer ruhiger. Und schließlich sah Falkner, dass sie in einer Bucht lagen, die sie vor den großen Brechern schützte. Manuel ließ nun mit langsamen, umsichtigen Gebärden, das Netz ins Wasser gleiten und sang einen merkwürdig monotonen Singsang dazu, der Falkner verzauberte. Er saß ganz still im Heck und nahm den klaren Nachthimmel und die dunklen Farben des Meeres in sich auf, die fast fluoreszierende Gischt auf den Kämmen der Wellen, die nachtschwarze Durchsichtigkeit des Wassers und die Schatten, die wie samtene, schwarze Massen dazwischen schwammen. Das Schaukeln des Boots war nun sehr angenehm.

Als Manuel das Netz gesetzt hatte, wühlte er eine Flasche aus seinem Bündel und bot Falkner einen Schluck an. Der dicke Brandy ging diesem heiß die

Kehle hinunter und weckte ein begieriges Glimmen.

"Manuel, ich möchte so leben wie Du", sagte er unbedacht.

"Dazu bist Du zu alt." Manuel sagte es ohne jede Aggression. "Selbst ich bin zu alt. Das Meer ist gefährlich hier. Und die Fische werden immer weniger."

"Das tut mir leid", sagte Falkner schwammig.

"Sie sind am Aussterben, wir sind am Aussterben. Machen wir uns doch nichts vor."

Etwas schrie auf in Falkner und wollte protestieren. 'Nein, nicht Du, nicht dieser herrliche Körper. Nein, ich will nicht', schrie es in ihm. Aber er hielt still, sagte nichts und ließ den Schmerz in sich weit werden wie das Meer um ihn herum.

"Wenn die Fische sterben, sterben die Fischer."

Auch dazu wusste Falkner nichts zu sagen. Aber es war, als ob sein eigenes Leben bedroht wäre.

"Wenn ich im Hotel arbeiten müsste, wie Mercedes, wäre ich schon lange tot." In Manuels Stimme war kein Selbstmitleid, lediglich neutrales Feststellen. "Ich lebe nur in der Nacht und auf dem Meer", fuhr er fort. "Ein Fischer ist das gleiche wie ein Fisch."

Falkner nahm noch einen Schluck.

"Wie fühlt sich Mercedes im Hotel?" fragte er.

"Ach, weißt Du, die Frauen", antwortete Manuel, "sie arrangieren sich immer. Weiß der Teufel, wie sie es machen. Sie halten zusammen." Pause. "Ich habe ihr damals das Leben gerettet, aber nun lebe ich von ihr. Vom Fischfang könnte ich nicht leben."

Und tatsächlich, als sie später die Netze einzogen, waren sie fast leer. Drei Krebse und eine Handvoll Fische hingen in den Maschen.

Manuel schien es nichts auszumachen. Er löste die wenigen, silbrig glänzenden Fischleiber aus den Maschen und warf sie in einen schadhaften Plastikeimer. Einen Seestern warf er zurück ins Meer.

"Geh zu ihr rein", sagte er, als er bei seiner Arbeit in die Nähe von Falkner kam, und seine Stimme war sehr gedämpft, aber neutral. "Sie wartet auf Dich und ich muss mich noch um das Netz kümmern."

"Aber..." Falkner zögerte.

"Geh, sage ich Dir, geh. Lass sie nicht warten."

Und so ging Falkner, weg vom Himmel, der sich langsam bleich lichtete, weg von Manuel, dessen Körper sich wie ein Schattenriss vor dem nun ruhigen und silbernen Meer abzeichnete und der nun schnell kleiner zu werden schien, als Falkner den doch nur kurzen Weg zur Hütte ging.

"Eela", flüsterte er unter der Tür in der nur ein Tuch hing, das er nun vorsichtig hob, "Eela, bist Du wach?" Und er sah hinein in das Schwarz der Hütte, das alles vor seinen Augen verschwimmen ließ.

"Komm, Liebster", sagte sie leise aber mir klarer Stimme, "komm. Komm schnell." Und er folgte ihren Worten, blind. Ohne eine Ahnung zu haben, wohin er ging, folgte er ihrer Stimme in die Ecke, aus der ein würziger Duft aufstieg. Er fand sie in einem Haufen von weichen Baumwolltüchern und kostete ihre Haut ohne zu wissen, wo er sie berührte, bis sie sich schließlich fanden und sich in den Armen lagen. Und Falkner fühlte sich wie auf dem Meer, noch einmal getragen von einer gefährlichen, tiefschwarzen Macht, die ihn nun aber zart und liebevoll schaukelte. Danach lagen sie still und in sich gekehrt dämmernd, bis Manuel zurückkehrte, sich zu ihnen legte, den Arm um ihre umschlungenen Körper legte und einschlief.

Und auch Falkner fiel nun in Schlaf und schlummerte tief und traumlos bis in den Vormittag hinein, bis ihn die Hitze schließlich aufweckte. Eela saß neben ihm, legte den Finger an den Mund und sagte:

"Lass ihn schlafen, ich muss jetzt zur Arbeit."

"Geh nicht", flehte Falkner, "geh nicht, nicht jetzt,

heute nicht." Die Situation hatte ihn total verwirrt und er versuchte sich am einzig Bekannten, was ihm noch blieb, festzuklammern. Und zu seiner Verwunderung sagte Eela friedfertig und unaufgeregt:

"O.k. Ich mache uns einen Kaffee."

Und dann saßen sie draußen unter dem Dach aus Palmwedeln und tranken süßen und tiefschwarzen Kaffee aus großen Bechern. Und Eela stellte eine Schale mit den grünkugeligen Früchten des Drachenbaumes auf den Tisch.

"Eela", Falkner sprach fast demütig, "es ist schwierig für mich zu verstehen. Ist Manuel nicht eifersüchtig? Macht es ihm nichts aus, dass wir zusammen sind?"

"Er weiß, dass ich ihm gehöre und dass ich das weiß." Eela sprach ohne jede Unsicherheit und ohne Zögern. "Aber er weiß auch, dass ich Dich liebe."

"Und er hat nichts dagegen?"

"Warum sollte er?"

Falkner fiel es schwer, zu verstehen. Er schwieg lange, trank langsam seinen Kaffee und schaute in die Weite.

"Du hast viele Männer geliebt?" Falkner hasste sich für diese Frage, brachte es aber nicht fertig, sie zu unterlassen.

Eela schien keineswegs befangen, als sie nun die Schulter zuckte. "Ich weiß es nicht."

Falkner sah sie an: ihr Haar, das kupferne Blitze warf, ihr hellbraunes Gesicht, das die ersten, leichten Falten zeigte, ihre dunklen Lippen mit den scharfen Rändern, ihre schmalen und doch so kräftigen Schultern, ihre gut proportionierten Hände mit den eckigen Nägeln und dann ihre Augen, deren Farbe er nicht bestimmen konnte, die nun hell vor den seinen schwammen. Und eine Welle von Liebe überschwemmte ihn, die sein Herz zusammenpresste, dass es schmerzte. Er fragte nichts mehr.

18

Das Dreiwochenarrangement, welches das hübsche, dunkle Fräulein in Falkners Reisebüro zusammengestellt hatte, war abgelaufen, aber Falkner war noch immer auf der Insel. Er hatte seinen Flug verschoben und ein kleineres Zimmer im Hotel bezogen. Dann war auch Helen abgereist.

Er hatte sie noch zwei, drei Mal getroffen und ein paar Worte mit ihr gewechselt. Aber die Vertraulichkeit vom ersten Abend ließ sich nicht wieder herstellen. Falkner las in ihren Augen, dass sie gekränkt war, aber er konnte es nicht ändern. Er brachte sie zum Flughafen, schenkte ihr zum Abschied ein Buch und bedankte sich bei ihr. Er war aber erleichtert, als sie am Zöllner vorbei, in der Abflughalle verschwand. Sie war ein liebes Mädchen und sie hätte ein besseres Leben verdient, aber er konnte es ihr nicht verschaffen. So war das nun einmal.

Falkner schrieb an seine Bank und erkundigte sich, zum ersten Mal in seinem Leben ernsthaft interessiert, nach seiner finanziellen Lage. Die Nachricht, die nach drei Wochen eintraf, war beruhigend: Er würde ohne Probleme hier bleiben können, wenn er einigermaßen sparsam lebte. Seine monatliche Rente reichte für die Miete zu Hause und eine bescheidene Unterkunft auf der Insel. Also beschloss Falkner, Manuels Angebot anzunehmen und in die Hütte zu ziehen, die der Fischer in der benachbarten Bucht gebaut hatte um sie gewinnbringend an Fremde zu vermieten.

"Es ist ein sehr gutes Haus", sagte Manuel, "aber die Fremden finden es ein bisschen einsam. Daher habe ich es bisher nicht sehr oft vermieten können."

Manuel trug Falkners Reisetasche, die seit den Einkäufen in der Stadt viel praller gefüllt war. Falkner hatte Bücher, Zeitschriften und einen Regenschirm in der

Hand und Eela ging mit einem schönen Korb voller Früchte voraus.

So zogen sie eines Nachmittags als kleine Karawane zur nahen Bucht, wo in den Büschen des Waldrandes ein Hüttchen stand, das Falkner bisher gar nicht wahrgenommen hatte. Es war sehr klein, fasste gerade nur ein großes Bett und einen Tisch mit vier Stühlen. Gekocht wurde auch hier draußen unter dem Vordach. Das Wasser kam, etwas brackig, aus einer Röhre von irgendwo her. Aber im Vergleich mit Manuels Hütte war dieses Häuschen fürstlich mit Fensterscheiben und einem Holzfußboden ausgerüstet und auch Wände und Decke waren mit sauberen Holzpaneelen verschalt. Das Dach aus Wellblech war von innen nicht zu sehen.

"Hier, für die Vorräte", sagte Manuel stolz und zeigte auf ein mit Fliegengittern bestücktes Regal. "Ich werde später noch Lebensmittel und etwas Brandy bringen."

Und Falkner war mit allem einverstanden und zufrieden und bat lediglich darum, dass Manuel ihm auch etwas Tee besorgen sollte.

"Eela, bleib hier bei mir", flüsterte Falkner, als sich die beiden zum Gehen wandten. Aber sie antwortete: "Nein, nicht jetzt. Aber ich komme später", und ging mit ihren leichten, schwebenden Schritten davon. Am Anfang konnte er noch das Spiel ihrer Muskeln unter dem leichten Kleid erahnen, aber dann entfernte sie sich, wurde unwirklich und klein und war schließlich nur noch ein rost- und lilafarbener Klecks auf dem Sandstrand, der am Ende der Bucht verschwand.

Nun war Falkner allein mit den Geräuschen des Windes und des Waldes. Er hörte das Rascheln und Zirpen von unsichtbaren Insekten. Ein Ast rieb kratzend an der Außenwand der Hütte. Vogelschwingen rauschten über das Dach. Und in der Ferne klatschte das Meer seine Wellen gegen den Strand, der sie sanft entgegennahm und ganz in sich hineinließ, bis sie ihre

Heftigkeit verloren. Falkner horchte still und nahm das Klopfen seines Herzens wahr, nicht wie ein Geräusch, sondern als ein rhythmisches Sich-Verändern, das sich bis in die Glieder ausdehnte.

Dann maß er mit den Augen, sonst immer noch unbeweglich, die wenigen Kubikmeter, die nun sein Zuhause und sein Reich waren. Und er war gleichzeitig ein wenig ängstlich über die Beengung und befreit, dass er nicht mehr zu besorgen hätte als diesen Raum. Schließlich gab er sich einen Ruck und packte seine Kleider in die Regale.

Gegen Abend kam Manuel mit einer Kiste voller Ware: Konserven aller Art, getrocknetes Fladenbrot, Zucker, Salz, Öl und Brandy. Und oben auf der Kiste lag als Geschenk ein riesiger lebender Hummer. "Den wirfst Du heut Abend ins Feuer um Deinen Einzug zu feiern", sagte er.

"Was Du sonst noch so brauchst, kann ich Dir aus der Hotelküche besorgen" fuhr er fort. Aber Falkner antwortete, dass für den Moment genügend da sei und dass man weiter sehen werde. Und dann lud er Manuel zu einem Glas Brandy ein, den sie allerdings aus Tassen trinken mussten.

"Weißt Du", sagte Manuel vertrauensvoll, "früher beneidete ich Euch, weil Ihr die Welt kennt und ich kenne nichts als mein Meer und meine Geschichte. Aber dann habe ich herausgefunden, dass Ihr Weißen zwar Geld machen könnt. Aber zu leben versteht Ihr nicht. Und jetzt bin ich nicht mehr neidisch. Jeder muss auf seinem Platz leben und sterben, sage ich mir. Da gibt es keine Ausnahme. Und ich sterbe hier ohne die Insel je verlassen zu haben."

Falkner blieb still. Er fühlte in sich den Wunsch, sich Manuel zu erklären. Auch hätte er ihn gerne eingeladen, ihn zurück in seine Heimatstadt zu begleiten. Aber Falkner wollte im Moment nicht an Heimkehr denken, jetzt, wo er sich endlich angekommen fühlte, nun, wo er beschlossen hatte, zu bleiben. Also sagte er nichts, trank mit kleinen Schlucken aus seiner Tasse und ließ die Wärme mit dem ranzigen Beigeschmack auf seiner Zunge breit werden. Er schaute hinaus auf das Meer, das heute grau war und fast bleiern schwer und erstarrt wirkte. Melancholie befiel ihn. Er fühlte sich gefangen in einer Falle ohne Notausgang. Aber das war es nicht einmal, was ihn so beklommen und schwer machte, sondern die Tatsache, dass er alles einfach duldete, alles hinnahm wie es kam, diese Worte Manuels, dieses in dunkeln Metallfarben erstarrte Meer, diese Leere in sich. Und er stand auf, ohne einen Ausdruck im Gesicht, und begab sich hinter die Hütte. Er drängte sich in das dicht wachsende Gebüsch und als er sich ganz von den grünen Blätterarmen umfangen sah, öffnete er den Mund und schrie. Er stieß keinen Schrei aus, er öffnete sich einfach und ließ aus seinem tiefsten Inneren herausfließen, was sich in den Jahrzehnten seines Lebens darin verfangen hatte. Und das Resultat war ein Schrei, der gleichzeitig traurig und kraftvoll war, nicht Brunstschrei, nicht verwundetes Tier, sondern ein elementarer Ausdruck seines verlassenen Seins, laut klagend, mächtig und schön.

Manuel grinste, als Falkner zurückkam. Und Falkner grinste zurück. Er sah zufrieden und erleichtert aus.

"Ihr seid verrückt", sagte der Fischer voller Bewunderung und Anteilnahme, "Ihr seid wirklich alle verrückt. Aber Du bist am verrücktesten."

Worauf Falkner voller Erleichterung und Freude sagte: "Darauf müssen wir einen trinken."

Und so geschah es.

In der Nacht kam Eela herein und Falkner vergrub sein Gesicht in ihrem Haar und vergaß Inseln und Fallen und Blei und Schwermut. Er hielt sie an sich gepresst, als ob er mit seinem ganzen Sein durch ihre

Haut in sie eindringen wollte, er rieb seine Wangen an ihren Locken und konnte nicht genug von ihrem Duft einatmen. Und dann nahm er sie mit festen Händen und mit Zeitlupenbewegungen. Und diesmal liebten sie sich bewegungslos, im Stillehalten, bis aus ihren hellen Augen Tränen flossen und Falkner einen zweiten Schrei ausstieß, der wie ein Energiestrom war, der sie beide davontrug.

19

Wochen vergingen. Tagsüber saß Falkner oft am Strand und beobachtete, wie die Farben und die Bewegungen des Meeres sich verwandelten. Er gewöhnte sich an, das Meer zu betrachten wie ein Wesen, das sein Gesicht und seine Stimmung veränderte. Und manchmal stieg er in dieses Wesen hinein und schwamm darin, nie sicher wissend, ob es ihm gut oder übel gesinnt war. An anderen Tagen blieb er unter dem Vordach seiner Hütte. Er las oder schrieb. Er hatte sich am Hotelkiosk einen dicken Block gekauft, den er nun mit einem Kugelschreiber und krakeliger Schrift zu füllen anfing. Oder er horchte ganz einfach auf die Geräusche des Waldes, die Stimmen der Vögel und der Insekten, das kratzende Schlurfen der Schlangen, das Huschen der Echsen. Und auch hier entwickelte sich ein Gefühl einer geheimnisvollen Gegenwart: Der Wald wurde zu einem fremden, riesigen Wesen, das ihn mit vielen Augen beobachtete. Ob gütig oder verstimmt, er wusste es nicht. Und es war ihm auch gleichgültig. Denn in den Nächten kam Eela und jede Begegnung war eine Reise auf einen neuen Kontinent, in eine andere Realität. Und Falkner fürchtete nichts mehr, weder Teufel noch Tod.

Dann kam diese finstere, schwarze Nacht, in der Eela

wegblieb und Falkner sich schlaflos wälzte, sich tausend Dinge ausmalte und sie wieder verwarf, abwechselnd sich und Eela hasste und vor Angst und Sehnsucht verging. Bis endlich am Morgen Manuel kam – Falkner saß weiß vor dem Haus mit einer Tasse Tee in der Hand und murmelte kaum einen Gruß – und ihm mitteilte, dass Eela weggegangen war.

"Die Familie hat nach ihr geschickt", sagte er als Erklärung, "eines der Kind ist krank und der weiße Doktor kann ihm nicht helfen. Darum musste sie hin."

Und als Falkner aufbegehrend fragte, ob es denn nicht genügend andere Leute gäbe, die sich um dieses Kind kümmern könnten, fuhr Manuel mit gesenkter Stimme fort:

"Ich spreche nicht gerne darüber, es ist verboten darüber zu reden, aber Eela …sie ist nicht von hier, weißt Du, sie kann mehr. Wir brauchen sie nicht mehr oft, aber manchmal. Sie hat Kräfte, das hast Du doch gemerkt. Sie ist nicht wie wir."

Falkner sah ihn groß und mit leeren Augen an und in seinem Innersten begann ein Wissen zu dämmern, das er nun seit Wochen verdrängt hatte: Eela, die Zauberin hinter den Ginsterbüschen, Eela, die Heilerin. Und ein Schrecken durchfuhr ihn, die plötzliche Gewissheit, dass er eine solche Frau nicht würde halten können.

"Du hast ihr das Leben gerettet", flüsterte er. Und Manuel antwortete:

"Das hat sie Dir also erzählt. Ja, seitdem ist sie bei mir. Sie sagt, dass sie mir gehört, obwohl ich es eigentlich nicht glaube. Das sind die alten Geschichten unseres Volkes. Die waren gut für früher, aber jetzt! Du siehst doch, wie hier alles ist und wer hier die Macht hat. Wir sind das Putzpersonal. Und vielleicht geht es uns dabei besser als zuvor. Wer weiß. Ach, Scheiße."

So viel hatte Manuel noch selten gesprochen, aber Falkner sah sich nicht in der Lage, ihm zu antworten.

Er fühlte eine merkwürdige Spaltung in sich, ein Wissen, das sich so weit ausdehnte, dass es ihn in eine Ohnmacht zu treiben schien und das sich wie Taubheit und Leere anfühlte. Und nun erkannte er, dass sich dieses Gefühl in den letzten Wochen immer wieder gemeldet, ihn von allen Seiten beschlichen hatte. Aber er hatte es weggewiesen um die Gegenwart nicht zu stören, um Eelas samtene Präsenz nicht zu belasten mit Gedanken, die Distanz zwischen ihn und sie hätten bringen können. Eela hatte nichts gesagt und trotzdem wusste er alles. Und mit der großen Angst kam eine noch größere Ruhe über ihn.

Die Tage vergingen und Falkner beschäftigte sich mit Schreiben. Er vertiefte sich dabei so sehr in seine Gedanken, dass Eela fast aus ihnen verschwand. Er schrieb über die Muster, die das Geräusch des Windes in den Himmel zeichnete und er dichtete Gebete an eine Mutter, die die eines Gottes sein musste.

Und eines Tages kam Manuel und kündigte an, dass Eela zurück sei. Er ergriff Falkner am Arm und rüttelte fest daran.

"Aber sie ist krank, sie fiebert."

Falkner ging sofort mit ihm um nach ihr zu sehen. Die Hütte war düster und dämmerig, als er sie, aus dem blendenden Sonnenlicht kommend, betrat. Eela im Bett in der Ecke wirkte nicht anders als ein Bündel dunkler Lumpen, so zusammengekrümmt lag sie da.

Falkner griff nach ihrer Hand, die zu glühen schien. Der Puls war schwach und schnell wie der eines Vogels.

"Eela", seine Stimme war eindringlich und sanft zugleich, "Eela. Wie geht es Dir?"

Aber sie reagierte nicht. Er drehte sie zu sich und sah in ihre herrlichen Augen, die nun unbestimmt in die Ferne sahen, nicht trübe aber unbelebt schienen. Die Hitze ihrer Stirn brannte an seinen Fingern.

"Gib ihr zu trinken", sagte er zu Manuel, "ich hole den Arzt."

Falkner rannte hinauf ins Hotel. Sie kannten ihn dort, reagierten aber mit Trägheit auf seine Aufregung.

"Hier ist kein Arzt, Sir, Sie müssen ihn aus der Stadt holen lassen." Der Concierge machte keinerlei Anstalten, behilflich zu sein. "Und wissen Sie überhaupt", fuhr er fort, "welchen Arzt Sie haben wollen. Da gibt es viele, und nicht alle sind gut."

"Machen Sie mich nicht wahnsinnig", bellte Falkner, "die Frau ist todkrank und braucht einen Arzt. Sie müssten doch wissen, was in so einem Fall zu tun ist."

"Der Direktor ist nicht da", sagte der Mann an der Theke entschuldigend, aber Falkner hörte nicht hin, weil ihn eben jetzt jemand am Ärmel zupfte und sagte:

"Ich höre, Sie brauchen Hilfe. Ich bin Arzt."

Falkner zuckte zusammen, denn der Mann schien blutjung, ein Kind fast, aber sofort klammerte er sich an diesen Arzt wie an eine letzte Hoffnung.

"Sie liegt da unten in der Bucht und sie hat ein Fieber, das sie nächstens umbringen wird, wenn sie keine Hilfe erhält." Seine Auskünfte waren nicht gerade klar, aber der Arzt zögerte nicht.

"Ich hole meinen Koffer und begleite Sie."

Die Minuten dehnten sich ins Unendliche, bis sich die Lifttür endlich wieder öffnete und den jungen, bleichen Arzt mit seinem schwarzen Koffer ausspuckte.

"Ich bin gerade erst angekommen", sagte er, "guter Zufall, dass ich gerade an der Rezeption war."

Aber Falkner mochte nichts reden und stürmte einfach voran, hinaus in die gleißende Sonne. Als er merkte, dass der Arzt seinem Tempo schlecht folgen konnte, verlangsamte er seine Schritte und begann zu erklären:

"Sie ist eine Insulanerin und ich hab keine Ahnung, was sie hat. Aber sicher braucht sie irgend etwas Fiebersenkendes oder was weiß ich." Und nach einer Weile fuhr er fort:

"Erschrecken Sie bitte nicht über die Hütte, in die ich Sie führe. Das ist alles ein bisschen primitiv. Aber ich glaube nicht, dass sie davon krank ist."

Das war eine ausgesprochen dümmliche Bemerkung und Falkner wusste es, aber irgendwie drängte es ihn, Manuel vor Vorurteilen zu schützen.

Der Arzt, den Falkner unter anderen Umständen für einen lächerlichen Schnösel gehalten hätte, entwickelte einen großen Ernst und starke Kompetenz, als er nun an Eelas Bett seinen Koffer öffnete und sie mit undurchdringlichem Gesicht zu untersuchen begann. Falkner schmerzte das Herz, als er Eelas Rücken und Brust durch das dünne Tuch hindurch schimmern sah und ihre Haut erblickte, wie sie zusammenzuckte als das kalte Stethoskop darauf gesetzt wurde.

Die Untersuchung dauerte nicht sehr lange. Dann gab ihr der Arzt eine Spritze.

"Ich kann natürlich so schnell nicht entscheiden, was sie hat", sagte er. "Das Fieber ist tatsächlich sehr hoch Die Lunge scheint in Ordnung zu sein, am Bauch ist oberflächlich gesehen nichts, das Herz allerdings ist schwach. Ich habe ihr etwas gegen das Fieber und zur Stärkung des Herzens gegeben. Wickeln Sie ihr die Beine in nasse Tücher um sie zu kühlen und geben Sie ihr zu trinken. Mehr können wir hier unter diesen Umständen nicht tun. Ich komme am Abend noch einmal."

Dann waren Falkner und Manuel mit Eela allein.

"Bitte gib mir Wasser und Tücher, Manuel", bat Falkner. Er riss die Pflege an sich und schickte Manuel aus dem Haus. Und während er ihre Füße, die er so gerne schweben gesehen hatte und die Waden, deren Rundung er so liebte, sorgfältig in nasse Tücher wickelte, blickte er in ihren abwesenden Blick und rief sie in

Gedanken immer und immer wieder bei ihrem Namen.

Es war heiß und die Tücher mussten jede halbe Stunden ausgewechselt werden, so dass Falkner fast ununterbrochen damit beschäftigt war. Dazwischen flößte er Eela mit einem Löffel verdünnten Fruchtsaft ein. Und immer wieder suchte er in ihrem Gesicht nach einem Zeichen des Erwachens und Erkennens. Und immer wurde er wieder enttäuscht.

Als der Doktor am Abend zurückkam, erhielt Eela eine zweite Spritze.

"Es ist wenigstens nicht schlechter geworden", sagte er und empfahl sich bis zum Morgen.

Falkner pflegte Eela zwei Tage lang rund um die Uhr. Und während ihm am Anfang das Herz blutete, wenn er ihren müden und kraftlosen Körper sah, so ergriff ihn langsam aber sicher eine bleierne Leere, eine Müdigkeit, die ihn mechanisch und gefühllos weiter arbeiten ließ. So dass er kaum erstaunt war, als Eela ihn am dritten Tag mit großen Augen anschaute und mit deutlicher Stimme sagte:

"Oh Ram, ich habe sie verloren."

Dann schloss sie die Augen und schlief ein. Unbewegt lag sie da, wie eine Skulptur, wie tot, obwohl doch das Leben zurückgekehrt war. Und Falkner, erschüttert vor Müdigkeit und Eelas Worten, legte sich neben sie und schlief ebenfalls.

20

Der Arzt kam früh und weckte Manuel, der in der Hängematte auf dem Vorplatz schlief, und dieser weckte Falkner und Eela in der Hütte. Diese sah nun mit müden, aber aufmerksamen Augen um sich. Sie erhielt eine weitere Spritze, aber der Arzt teilte Falkners Meinung, dass die Krise überwunden sei.

Aber Eela erholte sich nur langsam. Sie lag still im Bett wie ein kleines Kind, aber ihr Gesicht war das einer alternden Frau. Falkner tat es weh, sie so zu sehen. Aber er pflegte sie treu und ergeben, kühlte ihre Stirn mit feuchten Tüchern und reichte ihr Früchte, die er sorgfältig geschält und in kleine Stücke zerlegt hatte, denn Früchte waren das einzige, was Eela essen mochte.

Wochen vergingen, bis Eela auf ihre seltsame Bemerkung zurückkam und mit leiser Stimme und stockend zu erzählen begann, was ihr zugestoßen war. Sie war an diesem Tag zum ersten Mal aufgestanden und ein paar Schritte in der Hütte umhergegangen. Die Hitze draußen war ungewöhnlich und so groß, dass jedermann die Sonne mied. Ein Wüstenwind blies seit Tagen über die Insel und mumifizierte Pflanzen, Tiere und Menschen mit unbarmherzigem Wehen. Er trocknete nicht nur die Körper der Lebenden aus, sondern zermürbte auch ihre Seelen, so dass eine merkwürdige Müdigkeit und Erstarrung über der ganzen Insel lag.

Eela saß an die Wand gelehnt, auf ihrem Lager und sah Falkner liebevoll an. Er saß neben ihr und hielt ihre Hand.

"Ich kam dahin", sagte sie, "und das Kind war sehr krank. Ich sah, was ihm fehlte."

Eela schloss die Augen, als ob sie die Bilder und die Geschehnisse in ihren Tiefen suchen und ihre Worte mühsam aus sich herausschöpfen müsste. Und als sie nun den Blick wieder hob, waren ihre Augen schwarz vor Trauer.

"Ich nahm sie in den Arm und sang. Ich wollte die Geister rufen, die ihr helfen sollten. Ich sang und sang, aber mein Herz sang nicht, mein Herz rief nicht."

Wieder senkte Eela die Lider. Sie wurde still, so lange reglos still, dass Falkner schon glaubte, dass sie nichts mehr sagen wollte. Doch plötzlich bewegte sich ihr

Gesicht und flüsterte Eela mit geschlossenen Augen:

"Mein Herz rief, rief, rief. Aber nicht nach den Geistern. Es rief nach Dir. Ich hielt das kleine Mädchen im Arm und es war todkrank. Aber mein Herz war schwach und rief nach Dir. Und ich sah, dass es starb und ich konnte nichts tun. Meine Kraft hatte mich verlassen."

"Ich betete und bettelte", Eelas Stimme war kaum zu hören, "ich spürte, wie das Leben aus dem Kind wich. Es wurde schwerer und schwerer. Aber in mir war es leer. Ich konnte nichts tun."

Ein Stolpern in ihrem Atem ließ merken, dass sie seufzte oder schluchzte, doch so schwach, als ob auch sie im Sterben läge.

"Und dann war sie tot. Ihr goldenes Wesen hatte sich von ihr gelöst und ich konnte es weder zurückhalten noch binden."

Eela lag so still, als ob nicht sie es gewesen wäre, die gesprochen hatte. Doch dann sagte sie lauter, und mit einer Stimme, die vor Schmerzen dumpf klang:

"Mein Vater und Lehrer hatte es mir gesagt." Und in die Stille, die sich nun noch deutlicher in den Raum legte, kam die Erinnerung wie ein gewaltiges Dröhnen und Falkner hörte in Gedanken den Satz, den er damals ohne viel zu denken, in den Computer getippt hatte: "Wenn Du einen Mann liebst, wirst Du alles vergessen."

Falkner verharrte, als ob ihn ein Peitschenhieb getroffen und er vom Schock gelähmt worden wäre. Er blickte in Eelas verschlossenes Gesicht, das vom Schmerz gezeichnet und zeitlos alt erschien. Und eine Welle von Mitleid schwappte in ihm hoch, fuhr durch ihn hindurch und dehnte sich. Er schwor sich, sie zu beschützen, für sie zu sorgen, für sie da zu sein, auch wenn sie nie mehr diese samtene, geheimnisvolle Eela sein würde, die sie vor ihrer Krankheit gewesen war. Er nahm sie in den Arm und bedeckte ihr Gesicht mit kleinen Küssen und flüsterte Liebesworte um sich und sie zu trösten. Und sie kuschelte sich wie ein kleines Tier an ihn und suchte tatsächlich Schutz.

Zeit zog vorbei. Noch immer brütete grausame Hitze über der Insel. Die Menschen röchelten, wie von einer seltsamen Krankheit geschlagen und die Pflanzen wurden bleigrau und schließlich schwarz. Eela erholte sich langsam und Falkner umsorgte sie weiterhin treu. Die alte, wilde Leidenschaft war nicht zurückgekehrt, aber eine milde, melancholische Zärtlichkeit schweißte den alten Mann und die nicht mehr so junge Frau aneinander. Sie waren viel zusammen, hielten sich an den Händen und blickten hinaus auf den unbarmherzigen Himmel und das mitleidlose Meer.

Falkner hatte den Unterhalt von Eela übernommen, so dass sie nicht mehr zur Arbeit ins Hotel musste. Er hatte der Bank Anweisung gegeben, das Land, das noch in seinem Besitz war, zu verkaufen und seine Wohnung aufzulösen. Er hatte im Sinn, so bald das Geld zur Verfügung stände, in seiner Bucht ein größeres Haus zu bauen und Eela zu sich zu nehmen.

Seine Pläne trösteten ihn und begeisterten ihn immer mehr: Er würde für alle Zeiten auf dieser Insel leben mit einer ruhigen und sanften Eela zur Seite, die ihn bis zur Schwelle des Todes begleiten würde. Sie würde ganz ihm gehören, ganz für ihn da sein. Er würde sich jederzeit in ihre sanfte Weichheit hinein lehnen können und nie mehr die taube Leere der Einsamkeit empfinden müssen. Sie wäre bei ihm und nur noch für ihn da. Hatte er nun nicht auch ein Recht auf sie? Hatte er ihr nicht auch das Leben gerettet? Falkner war ziemlich selbstzufrieden in diesen Wochen. Er sah die Zukunft in leuchtenden Farben.

21

Eela war wieder gesund. Sie ging wieder ohne Mühe, selbst durch die große Hitze, die die Insel immer noch belagerte, von Manuels zu Falkners Hütte. An diesem Morgen brachte sie nicht nur frischen Fisch, sondern auch den ersehnten Bericht von der Bank, dass das Land nun verkauft und das Geld zur Verfügung sei. Nun konnte sich Falkners Wunschtraum erfüllen.

Er saß am Tisch unter dem Vordach und Eela hatte Post, Fische und andere Lebensmittel vor Falkner hin gelegt. Dieser langte hastig nach dem Bankbrief, riss ihn auf und lachte triumphierend. Er sah hinüber zu Eela, die als schwarze Silhouette im Gegenlicht stand. Das Meer hinter ihr schillerte unbewegt wie ein silberner Spiegel. Es war ruhig und windstill.

"Eela", rief er, "gute Nachrichten, sehr gute Nachrichten. Nun können wir endlich heiraten! Ich werde ein herrliches Haus für Dich bauen, und wir werden für immer zusammen bleiben und sehr, sehr glücklich sein."

Doch etwas schreckte ihn mitten in seinen Worten auf. Eine rasche Bewegung wie ein Blitz schien durch die Luft zu fahren. Sie ergriff Eelas Gestalt und brachte diese zum Erzittern. Es knisterte und ihr rotes Haar blähte sich, wie von einem Geistersturm gezaust, zu einer üppigen Mähne auf. Falkner war geblendet von den roten Reflexen, die es warf. Eine seltsame Gewalt traf ihn und zerriss ihn. 'Königin! Königin der Feuersalamander! schrie es tonlos in ihm. Der Gedanke zog ihn von der Bank hoch. Er wollte sich auf Eela stürzen, sie in ausbrechender Leidenschaft umarmen. Doch ihre Augen, die nun blau wie Eis starrten, durchfuhren ihn wie ein Geschoss und nagelten ihn auf der Stelle fest. Er stand atemlos und wagte nicht, sich zu nähern. Furcht lähmte ihn.

Die Stimme Eelas tönte gelassen, ruhig und stark. "Ram", sagte sie, "liebster Ram." Diesen Namen hatte sie seit ihrer Krankheit nicht mehr ausgesprochen. "Du weißt doch, dass ich eine Frau bin, die man nicht besitzen kann."

Sie stand starr und blickte ihn interessiert und freundlich an, aber ihre Augen wirkten noch immer furchterregend. Falkner senkte die seinen, um diesem Blick auszuweichen. Und plötzlich sah er sich wieder im Traum von damals und wusste die prüfenden Blicke der Feuersalamanderin auf sich gerichtet. Und er fühlte, dass er die Prüfung nicht bestanden und dass er versagt hatte. Er hatte alles falsch gemacht. Aber es störte ihn nicht.

Als er wieder aufsah, hatte sich Eela zum Gehen gewandt. Sehnsüchtig folgte sein Blick ihren Schritten. Sie schien wieder zu schweben. Und ihre Gestalt war von einem hellen und fließenden Strahlen umgeben, das das Meer hinter ihr vernebelte.

Falkner stand, starr vor Verwunderung über das, was sich so plötzlich und unerklärlich vor seinen Augen ereignet hatte. Dann ließ er sich schwer und hart auf die Sitzbank fallen. Die Fische auf dem Tisch blickten ihn mit leeren Augen an, und Falkner blickte eben so leer zurück. Er berührte mechanisch alles, was vor ihm lag und legte es anders zurecht. Den Bankbrief versorgte er im Umschlag und beschwerte diesen mit einer Tasse.

Danach saß er verloren da und blickte verständnislos auf die Maserung des Holzes, die geschweifte Linien zog, eine nach der andern, wie erstarrte Meereswellen.

Falkner wusste, dass er sich einmal mehr verrannt hatte. Und er war gleichzeitig erschrocken und erleichtert über die Klarheit dieser Erkenntnis: Er hatte festzuhalten versucht, was nur in den Flammen lebte. Er hatte das Feuer zähmen wollen, statt sich ihm hinzugeben. Er hatte sich geweigert, zu verbrennen, sich verwandeln zu lassen. Und nun war er Asche ohne gebrannt zu haben. Er hatte versagt, gewiss. Aber er hasste sich nicht.

Er langte nach seinem Schreibblock und begann gedankenabwesend zu schreiben, unterbrach sich wieder, schrieb wieder ein Wort. Er wusste kaum, was er tat. Eine friedliche Leere hatte ihn erfasst und der Bleistift war das einzige, was fest und wahr schien.

Ein Mann erfindet eine Welt.

Lange verharrte er nach diesem Satz und schüttelte schließlich den Kopf.

Plötzlich findet er sich in dieser Welt. Er ist über alle Massen glücklich. Aber...

Hier hielt Falkner besonders lange ein.

Er versteht alles falsch.

Ein trauriges Lächeln lag auf seinem Gesicht.

Und darum verurteilt er sich zum Tod.

Das Lächeln wurde verschmitzt. Falkner amüsierte sich.

Ein Mann erfindet seinen Tod.

Da unterbrach ihn eine Bewegung, und ein blaues Flattern zog seine Aufmerksamkeit auf sich. Ein rauchigblauer Schmetterling hatte sich auf einen der Fische gesetzt und wippte mit seinen Flügeln. Seine glänzenden Augen leuchteten seltsam aus seinem braunen, pelzigen Leib hervor. Und nun putzte er sich sorgfältig und gemütlich zugleich die Fühler mit dem vordersten Beinpaar.

Falkner dachte, dieser Schmetterling sei genau so wie er, mit zarten Fühlern tastend, mit unbewussten Augen guckend, verdutzt durchs Leben torkelnd. Und er dachte, dass auch er solch blaue Flügel und einen so pelzigen Leib haben möchte. Und er beobachtete den Falter, der nun seine Beine wieder still hielt und nur gelegentlich mit den Flügeln schlug.

Zeit verging.

Dann hob der Schmetterling ab und flog in trunkenem Zickzack-Flug in den Wald hinein. Falkner folgte ihm. Der blaue Falter flog zuerst dem Weg entlang, so dass es Falkner leicht fiel, in seiner Nähe zu bleiben. Dann aber schwenkte er plötzlich ab und verschwand zwischen den Büschen. Falkner preschte hinter ihm her, fand ihn auch wieder, war aber gezwungen, sich immer weiter vom Weg zu entfernen um ihn nicht aus den Augen zu verlieren. So kämpfte er sich durch das Unterholz, bis der Falter endgültig verschwand.

Nun stand Falkner inmitten des wilden Grüns des Dschungels, der hier unter der herrschenden Trockenheit noch nicht gelitten hatte. Noch war alles üppig, die Blätter feucht und sehr grün, die Luft dick und schwer. Der schnelle Gang durch den Wald hatte Falkner ermüdet. Er setzte sich unter einen Baum. Doch es hielt ihn nicht lange und unruhig und unausgeruht setzte er seinen Weg fort.

Vielleicht hätte er jetzt noch zurückgefunden. Vielleicht wäre von hier aus das Meer noch zu hören gewesen, und Falkner hätte vom Sandstrand aus ohne Weiteres zu seiner Hütte zurückgefunden. Vielleicht hätte noch alles anders kommen können. Aber Falkner ging besinnungslos weiter in den Dschungel hinein ohne darauf zu achten, wie die Lianen nach ihm griffen, wie Zweige seine nackten Arme und Beine zerkratzten, wie sein Atem rasselte, wie seine Kleider von Beeren fleckig wurden, wie langsam die Dämmerung zwischen die fetten Pflanzen sickerte.

Schließlich war er so müde, dass er rasten musste. Wieder setzte er sich einem der Dschungelriesen zu Füssen und lehnte sich an den unglaublich dicken und langen Stamm. Er blickte hinauf, doch das Blätterdach verlor sich bereits im Dunkel.

Falkner schlief ein.

Als er erwachte, hatte er das Gefühl, nur kurz geschlafen zu haben, doch es war hell. Ein Mann stand vor ihm.

"Ra-hul", sagte Falkner, erstaunt, sich reden und diesen Namen sagen zu hören. Seine Stimme war rau.

"Ja", sagte Ra-hul, "ich bin hier um Dich zu geleiten."

Lange sagten sie nichts und Ra-hul setzte sich ebenfalls. Falkner betrachtete ihn. Er war ein schöner Mann geworden, etwa vierzigjährig, mit einem Körper wie aus kostbarem Holz geschnitzt, die Haut makellos und matt glänzend. 'Etwas stimmt nicht mit der Zeit', sagte sich Falkner, 'etwas stimmt nicht. Aber er konnte sich nicht genügend konzentrieren, um herauszufinden, was es war.

Falkner saß einfach. Er fühlte sich angenehm müde und mochte sich nicht regen. Ra-hul zupfte an einem kleinen Holzinstrument herum, das merkwürdig sirrende Töne von sich gab, die den Raum weiteten und die Aufmerksamkeit auf sich zogen und in die Ferne schweifen ließen. Falkner hatte immer mehr Mühe, sich zu konzentrieren.

"Weißt Du, warum ich hier bin?" Ra-hul fragte mit einer Singsang-Stimme, die keine Antwort zu erheischen schien.

"Ich liebe eine Frau und sie erschien mir heute Nacht im Traum. Und sie sagte: 'Geh hinunter zum großen Baum. Darum bin ich hier."

Ra-hul beobachtete Falkner mit großen, aufmerksamen Augen. Er sah, wie dieser glücklich zu lächeln begann.

"Rothaarig?" Falkners Stimme war fast nur noch ein Röcheln aber Ra-hul schien es nicht zu bemerken. Er lächelte zurück.

"Du kennst sie auch?"

'Wer kennt sie nicht? Wer kennt sie?' Falkner war zu müde um zu sprechen. Er lächelte einfach und war nun gar nicht verwundert, als Ra-hul sich zu verwandeln begann. Sein Körper wurde pelzig und ein blaues Flimmern, das fast unsichtbar um ihn herum gelegen hatte, wurde zu pudrigen Flügeln, die vor dem grünen Blätterhintergrund wippten. Falkner sehnte sich nach der Wärme dieses pelzigen Körpers und der Leichtigkeit der pudrigen Schwingen. Und er bemerkte kaum, dass nun auch er sich langsam verwandelte, wie er pelzig und pudrig wurde, während Ra-hul sang, sirrend wie vorher sein kleines Holzinstrument:

"Gehen wir, bist Du bereit?"

Und dann schaukelten zwei schöne, blaue Schmetterlinge ins fallende Dämmern hinein und verschwanden im schwarzen Licht, das sich zwischen den Stämmen auszubreiten begann und alles verschluckte, was zu sehen war.

Eela saß am Strand und der Mond hing silbern vor ihr. Sie spürte, dass ihr Liebster näher und ferner war als je. Wie einem Kind sang sie ihm ein Lied, mit Worten, die nicht zu verstehen waren. Und sie sang und sang, mit klarer, zarter Stimme, eine leise Melodie voll sehnsüchtiger Süße. Und der Mond versank schwer und trunken im Meer.

Eela sang und sang. Für den Liebsten und den Mond

und für sich. Und als sich nun langsam Tränen aus ihren Augen lösten, träge am Lidrand hängend, bis sie endlich ihren Weg über die Wangen fanden, da fing auch der Himmel an zu weinen und erlöste mit einem sanften, warmen Regen die Insel von ihrer schrecklichen Qual.

Von der gleichen Autorin:

Auf den Schwingen des Pendels
Im Labyrinth der Kraft
Von Menschen und Geistern
Liebe überlebt
Arkana
Das Licht der Wüste
Im Schnittpunkt der Dimensionen
Weisses Feuer, schwarzer Schnee

Alle auch als e-book bei kindle-bookshop